束 A葐 | 文艺家 |
DR

UNREAD

初老的女人

[日]

伊藤比吕美 著

蕾克 译

海峡出版发行集团
海峡文艺出版社

图书在版编目（CIP）数据

初老的女人 / (日) 伊藤比吕美著；蕾克译 . -- 福
州：海峡文艺出版社，2024.4
ISBN 978-7-5550-3704-0

Ⅰ.①初… Ⅱ.①伊…②蕾… Ⅲ.①散文集－日本
－现代 Ⅳ.① I313.65

中国国家版本馆 CIP 数据核字 (2024) 第 057467 号

著作权合同登记号：图字 13-2024-010 号

初老的女人

〔日〕伊藤比吕美 著；蕾克 译

出　　　版：	海峡文艺出版社	
出 版 人：	林滨	
责任编辑：	张琳琳	
地　　　址：	福州市东水路 76 号 14 层 邮编 350001	
电　　　话：	(0591) 87536797（发行部）	
发　　　行：	未读（天津）文化传媒有限公司	

选题策划：	联合天际·文艺生活工作室
特约编辑：	邵嘉瑜
装帧设计：	汐和 at compus studio
美术编辑：	杨瑞霖

印　　　刷：	大厂回族自治县德诚印务有限公司
经　　　销：	新华书店
开　　　本：	787 毫米 ×1092 毫米 1/32
印　　　张：	8
字　　　数：	137 千
版次印次：	2024 年 4 月第 1 版 2024 年 4 月第 1 次印刷
书　　　号：	ISBN 978-7-5550-3704-0
定　　　价：	58.00 元

关注未读好书

客服咨询

目录

1

皱手撕魔芋
盂兰盆节到了

现在我在日本。住在熊本。和三岁的公狗克莱默一起过。同时还在早稻田大学教书。早稻田在东京都新宿区。还有，我现在迷上了吃魔芋。

一口气说得太多了，等等。

这几年来，我经常横跨太平洋，往返于美国和日本。我以为与越洋飞行比，每周一次往返东京和熊本不算个事儿，你猜怎么着，相当算个事儿！把我给累的。我要是三十二岁、四十二岁都好说，现在六十二岁了。身体各部位都旧了。

单说从羽田到早稻田这段距离，就特别远。

从羽田机场到大学的去程，因为一路都是下台阶，我尚能硬着头皮走一走。羽田机场里有电动扶梯还好一些，到了滨松町站，没电动扶梯了。回程从早稻田去羽田机场时，我早早灰心丧气，改坐了其他路线的电车：先坐东西线地铁，转浅草线地铁，再转东急线电车。

过去我常坐羽田线单轨，总觉得如果不坐单轨，就好像没来东京。然后在滨松町、大门、日本桥换乘三次地铁，最后坐东西线去早稻田。出站想往地面上走时，却发现没有电动扶梯！我拖着沉重的双足，一步一步往上爬。明媚的年轻人晃得我睁不开眼。我混在他们中间走进大学。一进大学门，就是一条直插云霄的大上坡。

我的研究室位于坡顶一座十几层的高楼里。一旦上去了，轻易不想"下凡"，所以每次早晨一出早稻田的地铁站，我就在不远处的便利店买好一整天的水和干粮。

我小时候相当偏食，只吃固定的几样。即将长大成人时，患了厌食症。七十年代，在东京的腹地，我像战地废墟里的儿童一样饿着肚子。因为这样，治好了偏食，什么都能吃了（但我也是因为不吃才患厌食的），有了家庭之后，更是什么都吃。现在家人不在身边，五六岁时的偏食好像又回来了。

每周二上午，如果你在早稻田全家[1]看见一个买了若干和风蛋黄酱金枪鱼饭团、牛奶、煮蛋、巧克力和怪物饮料[2]的初老之女，那就是我。

我依旧喜欢奶油包。没买是因为全家不卖。全家虽然有

1　即 Family Mart，全家便利商店。本书脚注如无特殊说明，均为译者注。
2　Monster，一种能量饮料。

类似我以前特别喜欢的山崎薄皮奶油包的东西，仅仅是类似，感觉不太对……你看，偏食者就这么倔。

每周二早晨，我坐头班飞机飞到东京，直接去早稻田，深夜去我最好的朋友枝元奈穗美家住一夜，周三一早再去早稻田，晚上坐末班飞机回熊本。枝元一个人住，四十几年前，我在《小猫》里写过她，这么多年来一直叫她小猫。

之所以费劲回熊本，是因为克莱默在家。克莱默可能是德国牧羊犬和比利时牧羊犬的串串。之所以说可能，因为它是我在七月从保护机构领养的狗。我决定回日本的时候，走了一套无比烦琐的手续，带着它回了熊本。

每周一傍晚，我把克莱默寄放到老朋友家。人家家里也有狗。克莱默飞快地就习惯了人、狗和新家。朋友的狗是一只聪明又厉害的中年边牧，对外狗不怎么友好，每次见到克莱默都要低吠，想把克莱默轰走。克莱默比人家年龄小，也尿，卷着尾巴逃跑后没过几分钟，就高高兴兴地玩到一起了。周三晚上，我从机场回家的路上顺便接了克莱默，周四、周五、周六、周日、周一，和克莱默一起过。

哦，还有魔芋。

我在熊本时自己做饭。每周炖一大锅蔬菜炖鸡肉。鸡肉给克莱默，我连着吃好几天蔬菜。此外还吃生鸡蛋盖浇饭和外卖的油炸食品。这种食谱能维持健康吗？我也不太清楚。

家附近的超市是JA[1]经营的，所以蔬菜包装上标着农家的姓名。我刚回日本时，买过田中家的小油菜和佐藤家的圆白菜，现在季节变了，在买绪方家和中村家的茄子。

我小时候偏食，唯独爱吃茄子，无论什么茄子，吃起来都没有二话。现在我把茄子切成大块，放鸡肉，用白出汁[2]小火炖。某日，里面还煮了魔芋块，滋味之好，令我震惊。

水本家出产的手工魔芋块，一个二百日元，圆润润、暖乎乎的。

用手撕成小块儿，感觉它就像刚被杀死的活物。虽是活物，却接近植物，有种不可思议的透明感，撕开也不见血腥。我甚至感觉自己的手伸进了不流一滴血的活物体内。

我一直不太理解。按说，古时人们获取能量并非易事，为什么他们特意消耗体力，花时间和心思制作魔芋这种卡路里为零的食物呢？

现在我知道理由了。往昔人们吃的魔芋，不是现在超市廉价售卖的四四方方的冰冷工业制品，而完完全全是水本家做的这种，鲜活而肉感，仿佛红血欲滴，让人回忆起吞噬新

1　全国农业协同组合，简称农协，昵称 JA。
2　用淡口酱油、鲣鱼和昆布等调制成的调味底料。

鲜肉和鱼时的快感。

加利福尼亚的日系超市绝对买不到这种魔芋。每次买它、吃它时，我都感动地想：回日本回对了。周四我用魔芋、茄子和鸡肉一起煮，周五、周六、周日连吃三天，周一不安地闻闻有没有变味，吃完之后，洗干净碗。周二去东京上班。这就是我现在的生活轨迹。

不用再说了我知道
"热死了"对不对

加利福尼亚特别热，别看平时清爽宜人，四季如春，有时热风从沙漠吹来，便会陷入一种万物皆被风干的炎热。此时体感温度比日本夏季炎热得多，我感觉将近五十度[1]，可是看气温表，不过三十度多点儿。特别诡异，难以置信。相比之下，日本盛夏的三十度好过得多。

不过，日本要是到了近些年来频繁出现的三十六七度，高温加高湿，整个人感觉浑身浸了油，仿佛一个技术不好的人炸的天妇罗，软黏黏、油腻腻的。黄昏闷热欲雨时简直喘不过气来。

这个盛夏，我险些中暑。

那是个上午，就是我平时带克莱默散步的那条路，时间比平时稍晚半个小时，也就是说，阳光更强烈。我不是一个人，还有一个从稍远处过来的朋友。

1　本书提到气温时所用的"度"均指摄氏度，后文不再赘述。编者注。

朋友提出想看看我平时的散步路，我心里得意，就边走边讲，这是一大片晚上才开的钩萎，那个池塘到了太阳落山时会飞来很多燕子，等等。克莱默每隔十分钟跳一次河，我们尽量走树荫底下，只要看到饮水龙头就喝水，还在河里浸湿了毛巾，拧干围在脖子上，更不要说我还打了遮阳伞。不过那天的气温换在我一个人时，肯定早就回家了，因为是和朋友边走边聊，过了极限也没留神。

　　那天出了特别多汗，多到奇怪人怎么能出这么多汗的程度，就像连跳了两小时尊巴，不深呼吸的话就挺不住了。

　　和朋友分手后我回到家，脸颊通红。红到什么程度？就像熊本熊、红豆面包超人那样。我吹了空调，喝了冰水，冲了澡，火红依旧没有褪。

　　那个时候就不对劲儿了。我本来应该留意的，不要让自己晒成熊本熊和红豆面包超人，但那天就是没在意，就那样再次出门，随后参加了一个要在人前露脸的座谈会类的工作。

　　那种时候我因为特意振作了精神，比较兴奋，所以更加察觉不到不对劲儿。座谈会前碰头时，对方端来冰镇大麦茶，只有我一个人咕咚咕咚喝了一杯又一杯，追加了好几次。座谈会上，我喝光了眼前的瓶装水，其他人只不过湿了湿嘴唇。

　　座谈会结束，众人去居酒屋喝酒。我开车过去时，全身已经像灌了铅，困得不行。从停车场到居酒屋的几步路也快走不动了。进去后一坐下来，就不想开口说话，别人跟我说什么，我只是哼哈两声。一口气灌下两瓶无酒精啤酒，一声不吭地吃了炸鸡块[1]，又一盘炸鸡块。那天因为开车，还叫了很多水。

为什么是炸鸡块？

因为我超喜欢啊，在美国吃不到。

忘了我喝了多少杯水，居酒屋是酒水自助式，别人都看着酒水单要了各种饮品，我只要了水。喝了差不多十杯水，咬碎了差不多十倍的碎冰块。之后我才醒悟过来，我可能中暑了。

前一阵有个朋友中暑，喝了口服补液后马上恢复了。我也想到了口服补液，可惜居酒屋的酒水单上没有这个。

几年前，枝元小猫带我去过一家餐馆，吃了一道很神奇的低温烹饪牛排，只有一成熟。切开后看不见血，吃进嘴里软绵绵的，像熟肉。虽然是一成熟，完全没有生的感觉，同时比任何生肉都柔软。那种口感，就好像肉被孤零零地遗忘在时间的空洞里了。我以前吃过的一成熟与这道菜相比，都像渗着血的野蛮食物。

---

1 原文为"唐揚げ"，特指日式炸鸡块，所以下文说在美国吃不到。

之所以想起这个，是因为我觉得，中暑的我，就是这种低温一成熟。三十六度和三十七度在气温里算高温，在烹饪温度里是最低温。我被最低温慢慢地烹饪过了。

肉也好，蔬菜和鸡蛋也罢，只要加热过一次，就再也回不去了，不再是生肉、生菜和生蛋。酗酒的人就像米糠腌过的黄瓜，回不到生黄瓜的状态，中暑就好似这种感觉。我觉得自己再也不是纯生的了。

白天出门时，摸摸克莱默的头，出门不到五分钟已经很烫手。谁让它穿的是皮草呢，热也没办法。狗很难调节体温，所以伸舌头喘粗气。

平时我和克莱默走的散步小路、河堤和桥，有些路面是水泥的。走到这些地方时，我脱掉鞋光脚走。克莱默感知的温度和我脚底感知的也许不一样，无论如何，我要自己确认一下，看看是否会被灼到。

铺上污渍斑驳的床垫

白露之秋

从美国回到日本后，我首先买了植物。

前面讲过的卖魔芋的超市有个园艺柜，观叶植物和盆栽花上都贴着苗木农家的名字。

我买了佐佐木家的龟背竹，楠本家的黄金葛，大木家的喜林芋，小林家的鹿角蕨、玉羊齿、铁线蕨，植木家的秋海棠。还有普通秋海棠、稍微少见的毛耳朵诺维莎和铁十字。

我对室内观叶植物不仅仅是熟悉，更是深度爱好。

加州的家里，有一处铺着地砖的明亮背阴的空间，我在那里培育观叶植物。最沉迷的时候，差不多摆了二百来盆。那时女儿们不用我操心了，在日本的父母尚未衰老。之后不久，父母身体不行了，我开始了越洋往返照顾他们的生活。越洋开始后，顾不上植物，数量便日渐少了下去。

对我来说，如果没有植物，家就不是家。所以回来之后买了很多。幸好熊本的家里有个很大的采光窗，窗边明亮，阳光不直射，最适合摆放观叶植物。植物越来越多，家越来越像我的地盘。

有植物，就需要垫在花盆下的盛水托盘。这东西不贵，应该说相当便宜，百元店就能买到。我刚要买，忽然停下手，就此思考起了将来。

三年后，我与早稻田大学的合约到期，我可能会回加州。那时候怎么办？

也许不回美国，继续在日本住下去。再过二十年我总会死的，那时候怎么办？

也许女儿们会从加州赶过来，随便收拾一下，把剩下的事扔给废品公司，就像当年我对父母家做的那样。想到这里，我就迟迟下不定要买的决心。

所以，我拿出几乎放了二十几年没用的餐盘，垫到了花盆下。

以前家里有更多盘子，地震时碎了很多。这样使用之后，我意识到了最根本的问题：原本就不需要买什么塑料托盘。

我拿出过去全家一起用的波兰餐器。这是我和前夫在波兰举行婚礼时，别人送的一套白底青花餐器。婚后用着用着，渐渐地碎了一个，碎了两个，碗碟一个接一个消失，现在剩下的不多了。

我拿出母亲的待客碟，其中有感觉相当不坏的备前烧，别人婚礼还礼的美浓烧什么的。我见过母亲从橱柜里拿出这些，小心呵护地使用。大概是四十多年前的事了。父母去世后我收拾家时，把这些抢救出来了。

每一件，每一件，上面似乎都有回忆，又都不太清晰。

另外，和植物无关，我得给克莱默弄个床。

我已经觉悟了，不要惜物不舍得用，拿出来尽量去用就好。于是我打开壁橱，拿出家人往昔用过的床垫，裹上家人用过的毛巾被，给狗做了一个很不错的床。

无论我裹得多严密，床垫马上沾满了狗的体臭。不过之前我已经想好：反正这些以后不会给人用了。

我过去的家庭，我和丈夫加两个孩子，四口之家，所以有四个床垫。忘记是多少钱买的了，只记得非常贵。床垫很薄很硬，躺上去很舒服，我的女儿们在上面睡过，我丈夫在上面睡过。哦，不对，他好像睡在另一个房间。那时，我家开始崩塌，我已在考虑即将到来的家庭解体和亲人离散。尽管如此，还是买了高价床垫。为什么买？当时我也说不清。

可以说是一次冲动购物。为什么我心里涌上了冲动？为什么坚定不移地买下了？一家离散之后，我想了好几次。一家离散之后，我才想明白，那时我已经看到一个家庭即将消失，我想通过买床垫，而且是四口人一人一张，来确认那个家里确实存在过四个人。

一家人分崩离析，各自离开熊本之后，每年夏天，我带着女儿们从加州回来，铺开床垫，睡在上面。前夫不在这个家了，新生的小女儿小留睡在他的床垫上，小小的身体舒舒展展地睡大人的位置。

我想起来了，买来床垫时，大女儿鹿乃子开始来月经了，她在床垫上几次留下经血污痕。二女儿沙罗子去美国之后才有了初潮。夏天回到这里，两个女儿都在床垫上留下了经血痕迹。旧血留下的旧痕，已经不是血的颜色。然而那种颜色，又只有血才能变成。我在斑驳旧痕上包裹了旧毛巾被，现在，克莱默睡在上面。

幅广怪
水面上的月影

今年的鞋都不合脚。

我在美国买的凉鞋穿了几年，终于穿坏了。新买了一双，不太合脚。没办法，再买一双，还是不合脚。再买，还是不合适。明明凉鞋很露肉，穿着却疼，新买的三双都是这样。没办法，我把沾满泥的散步专用旧鞋洗干净，穿了一个夏天。

夏天快结束时，我需要一双新鞋。因为马上要去北欧（工作安排）了。那时日本还是三十五六度的暑天，我可没心思穿春天穿的皮靴。倒是有一双初夏前穿的运动鞋，从鞋柜里拿出一看，压得瘪瘪的，脏乎乎的。所以我飞奔进城去买新鞋，发现了好鞋。Trippen 牌，特别贵，特别好穿。

可惜，"不要穿新鞋去旅行"是旅行的基本道理。

因为太好穿，我粗心大意了。前一天买了新鞋，第二天穿着上了路。从熊本飞到东京羽田，几次上下飞机，换乘再换车，脚越来越疼，等到了哥本哈根的酒店，疼得快走不了路了。

右脚小拇指磨红了，破了皮。我在上面贴了三层创可贴，熬过了旅行。

我从小就是"幅广"，光听这词发音，好像很好听。其实就是宽脚。小学时上游泳课，同学说我的脚像鸭子脚。所以我从小到现在都是宽脚。我知道自己脚肥，年轻时就没穿过尖头鞋，鞋跟高度永远在五厘米以下。即便如此，每次买新鞋，都要先磨脚。

这几年，不对，这十几年来，我冬天穿长靴，或者马丁靴，夏天是非洲马萨伊型的凉鞋，每种都穿坏了很多双。因为跳尊巴舞，运动鞋换得很快，跳尊巴穿坏的鞋子，降一级成了遛狗鞋。我买鞋时只要买2E或者3E宽的，就没出过大问题。

可是今年一下子就不行了，穿什么都疼。Trippen太贵了，我舍不得放弃，打算去专卖店询问一下。不过，去之前我先上网用"脚趾，鞋，疼"搜索了一下。找到的痛因，是我以前知道却以为与我无关的一种病。

——拇外翻。

没想到，我的脚的状态和网络照片上的几乎一样。我不仅是拇外翻，还是小脚趾内翻，所以小脚趾会疼。

我的脚似乎只是轻度拇外翻。但是重度拇外翻的脚型，我严重眼熟！在哪儿见过来着？两年前死去的夫的脚就这样。

我们共同生活二十几年，很早以前夫就在哀叹："我的脚是那个什么什么什么（用英语说的），很难买到合脚的鞋子。"我在一边哼哈两声，左耳进右耳出。那个什么什么什么，就是拇外翻。我和他签订过互不侵犯条约，绝不碰对方的鞋和衣物，衣服都是自己洗。

老式西方人的穿鞋法，和我们的穿法非常不一样。他们早晨下床，穿好衣服，最后牢牢系紧鞋带，一整天绝对不脱，直到深夜再次回归睡床，脱了鞋就上床了。所以二十几年来，我都没注意到。等发现时，他的拇外翻已经到了无可救药的程度。

某日，夫说他最近弯不了腰剪不了脚指甲，我提出帮他剪，夫欣喜地接受了。我这才端详了他的脚，吓了一跳。

夫的脚指甲不再像指甲。原本应该是指甲的部位，现在犹如堆积着松软的厚厚白土，分不清哪里是指甲，哪里是肉。我后来才知道，这种症状叫作"指甲增厚"。

我准备了大小两种指甲钳，还有指甲锉刀。夫的脚在热水里泡软后，我把他浮肿如象足的脚抱进怀里（浮肿是其他内脏疾病导致的），用指甲钳一点儿一点儿剪去高高隆起的外围部分，再用锉刀一点儿一点儿锉平，之后再用指甲钳，再用锉刀，轮番下细功夫，终于接近了指甲的本质性部分。

夫已经没法好好洗澡了（因为在加州，这样也是可以的，我说我帮你洗，他总说不用不用），现在用热水泡了脚，脚踵上的皮垢泡松软后，一块儿一块儿地掉了下来。他的足尖形状，如今想来就是重度拇外翻，趾骨变形非常严重。

没想到，现在我也成了拇外翻。有那么一刹那我想："不会是夫传染给我的吧。"不可能不可能。这就是我的肉体的老化。

无论衰老以何种形式出现，我只有去接受。我这么想着，从亚马逊订购了拇外翻和小指内翻的矫正用品。

晚夏[1]过后
颜和体开始瘪了

大家都问我，尊巴呢？不跳了？

回日本之前，我想好了，到了日本后要在附近的健身房大跳尊巴舞。

回来之后我确实这么做了。不过，大学的工作开始后，没时间跳，去之前会掂量一下，是去跳一小时尊巴，还是工作？最终会选工作。尊巴好几个月没去，白交了会员费，后来就干脆退会了。这正好是新冠开始之前的事。

下面讲的就是最开始还在跳尊巴时的事。

同一个尊巴班里，有位 A 女士和我住同一个公寓楼。能和这种相识几十年的熟人一起跳尊巴，跳完了欢欢喜喜打着招呼分手回家，这都是在加州体验不到的，非常开心。

然而最关键的是，日本的尊巴和加州的不一样，令我震惊的不一样。

---

1 "晚夏"的日语读音和"尊巴"一样，是谐音双关。编者注。

尊巴这种舞，理论上讲是一种肌肉锻炼，也是骨盆操（扭腰，前后活动耻骨部位的肌肉），跟随拉丁音乐的热烈节奏做高速运动。扭动腰肢的动作很像性行为，大腿叉得特别开，大胆扭动，随心所欲，毫无羞涩，这就是尊巴。就算动作不标准，也没人说什么。这种怎么扭都行的劲儿是最开心的。领舞的是女老师，跟着学的是女学生，大家在女性环境里做女人的动作，与女人打交道，有女人的默契，这种气氛特别轻松。通过跳舞我有很多新发现，感觉尊巴就像一个理想的女权运动场景，所以我才痴迷。

然而到了熊本，我惊讶地发现领舞的很多是男老师，学舞的很多是男的。

日本的年轻男人和美国老女人不一样，和美国的年轻男人更是完全不一样。日本年轻男人没那么多肌肉，很瘦，像杰尼斯偶像，像花样滑冰的。有人很可爱，有人清新时尚，也有人走野性路线的，从某种意义上说，这样也没什么不好。

年轻男老师领跳的尊巴，没有南美的奔放舞步，也不扭腰，不锻炼盆骨肌肉，更像 J-pop 的舞步，从这种角度看，老师跳得很帅气。每堂课结束后，老师半跪在门口，仰望每一个学生，与学生击掌告别。（新冠之前是这样。）

这种服务方式在加州无法想象。实在可惜，日本跳尊巴的中年和初老之女们没胆子吃这种送上门的美味，顶多轻轻碰一下老师的指尖，或者小心翼翼地把手合上去，听不见击掌声，我在一旁看得嫌她们不痛快。

班上的男的都很会打扮，一看就是泡健身房的，紧身上衣，短裤，内穿黑色紧身裤。他们不看老师的领舞，兴奋地乱跳，有人还鼓动身旁的人一起乱跳，兴奋地去拉旁边人的手，兴奋地把身体贴过去。那种兴奋劲儿就像在跳传统的盆舞，也像外国的乡村集体舞。这些都是我在日本从未见过的表情，是日本男人变了吗？还是只有熊本男变异了？

总而言之，就是这么个情况。教室里人头攒动，我在后边跳，就当自己在给前面的杰尼斯偶像伴舞。

有一次，一个男的跳着跳着，忽然贴近 A 女士、A 女士的熟人 B 女士，还有我。他冲着我们乱扭，猛地伸手，似乎要击掌。这人兴奋过头，手一伸出来，胳膊肘杵到了 B 女士的肋下。

我惊异了。

不是我想拒绝男人。他可以过来，怎么跳都行，盆舞也没问题，他跳他的，我跳我的。但这男人想借着舞步触摸近旁女人的身体。就算他没色心，行为本身和流氓没区别。

我对 A 女士说："那人用胳膊肘杵人了呀。" A 女士严肃地说："大家都跳得很开心，碰一下也没办法。""可他太过分了呀。""这倒也是。"我们正说着，B女士加入进来："刚才我吓了一跳，我一看他，他马上跟我道歉了。"这就是说，B女士不认识那男的，没有同意他过来碰触身体。

我们认为这男的做得不对，这种行为以后不可以再发生第二次。所以下课之后，以我为代表找到他，先非常客气地打了招呼，"今天跳得好开心啊"，然后告诉他："请你下次不要那样碰触别人了。"他说了对不起。自那次之后，他跳得依旧很兴奋胡来，但只限于熟人。

总之，我在尊巴班上遭遇了一个虽不是流氓的男的，他出于好心以为对方也会高兴，不顾他人所想，碰到了陌生女人的身体。我在熊本的日常生活里偶然遭遇这种人，非常吃惊。我、A女士、B女士，我们这些不再年轻的女人都已经有了"这么做不好"的意识，男人们却原地踏步，毫无长进，真让我费解。再次重申一下，那男人的乱跳既不能健身，也锻炼不了骨盆肌肉，只能说效果为零，跳也白跳。

就这样，我跳了一阵子尊巴，有了一番感受，这番感受让我不想再去了。

WhatsApp 也好 Skype 也罢
都刻骨情深

　　《妇人公论》做了一个《不想被儿女照顾》的特辑[1]，真的，我也经常想"我才不想被孩子们照顾呢"。

　　女儿们在加利福尼亚。我在日本。

　　我住在加州时，经常用 Skype 和大女儿鹿乃子还有外孙女聊天，到了日本后一次也没聊过。因为太忙，没有兴致聊，加上有时差，很难安排出双方都合适的时间。

　　来日本之前，我在手机里装了 WhatsApp，一种类似 LINE[2] 的软件，在美国 WhatsApp 是主流，没人用 LINE。我打算用这个和鹿乃子、沙罗子和小留说话。这个倒是经常用。

　　去早稻田上班时，我一直和学生打交道。下了班的晚上，去亲友小猫家蹭住。这样构建出了一种很宽松的类似家人的关系。

1　本书原为《妇人公论》杂志的专栏连载。
2　类似微信，LINE 是日本的主流通信软件。

从大学研究室下班时，给小猫发一条"我这就回家"的信息，会收到"好嘞"之类的回信。走进她家，打开门说一声"我回来了"，她会迎过来说一句"回来啦？"。半夜时分我一边工作，同时有一搭没一搭地找枝元小猫说话，正在写菜谱的小猫就会停下手，有一搭没一搭地回我。用现在的流行语形容这种状态，就是特别"松弛"。

暑假就不行了。暑假有两个月呢，我一直待在熊本家里疯狂工作，感觉自己孤零零的。

我在熊本也有朋友，只要从家里走出去就能见到，可是要做的工作太多，我走不出去，自然见不到朋友。

不是有句俳句嘛，"咳嗽无人应"。

我不咳嗽也无人应。我呼吸无人应，独自吃饭，睡觉孤零零。

人之老去，就得忍受这种寂寞，没办法。这道理我懂。人不仅要寂寞地老去，还要寂寞地独自死去。我父亲就是。现在我越寂寞，越感觉自己是在赎罪。

父亲最后的独居，是我造成的。母亲卧床不起住院之后，父亲的八年独居是我造成的。

父亲一直在说他很寂寞，还半开玩笑地说，如果他现在死了，死因肯定是寂寞无聊。我觉得这是他的真心话。那时我却捂住了耳朵，假装没听到。

我也自问过：真的没有一点儿办法吗？那时确实没办法，我好像也不想寻找办法。毕竟世上的事情，只要想办，总能找出一点儿办法。我可以下定决心离开美国回日本和父亲住（肯定要和夫激烈吵架，就算吵架也行），还可以把父亲接到美国和我们一起住（要办极其麻烦的签证手续，就算麻烦也行），这些明明都是办法。

而我没有付诸行动。我现在的心情不完全是后悔。我知道除此之外没有别的办法。

无论如何，父亲的寂寞是我一手造成的，这让我心头上有了一片乌沉沉的阴影。所以我觉得自己必须无可救药地经历与父亲同样的寂寞。

必须和父亲一样，始终孤寂地等待孩子们回来找我。

必须等待大海那边的孩子。

必须觉得寂寞难耐，觉得无事可做，几年时间里一直这么活着，直到死去。

不，不，不，我绝对不会这样的。

因为我已经在被孩子们照顾了。我在家里的定位是"除了做饭和自己的工作之外，其他事都不会做"。女儿们对我没什么期待，她们反过来照顾我。这是因为英语的缘故。每个移民家庭都是，孩子比父母在语言上更流利。如果女儿们现在来了日本，看到我一个人正儿八经地做了各种事情，肯定会吃惊。

二女儿沙罗子照顾我最多。她英语、日语都能读能说能写，擅长处理数字，Word 和 Excel 使用熟练，我的事都是她在帮忙。给夫办后事时，她大显一番身手。轮到我死时她也会大显身手，我相信。

大女儿鹿乃子是大姐姐，每逢妹妹们遇到危机（时常发生）时，她总会出来镇场子。她是音乐人，很理解我在创造作品时身上会出现一种创作者的内心黑洞。

小留是最小的孩子，爱撒娇，还不太可靠，可是她擅长倾听。我有时给她打电话倒苦水，她总是用一颗柔软的心倾听，让我感慨每个人都有自己的专长。

有时，我有一搭没一搭地在 WhatsApp 上发一声，不超过五分钟，哪个女儿就会回信"怎么啦？"。

……所以，就算依赖儿女，也很好呀。

走过漫长小路
抵达一碗蘑菇粥

　　吃东西真麻烦。我自以为是个喜欢吃的人，喜欢做饭，对做饭充满兴趣，无论多忙也不觉得做饭麻烦。我做饭很好吃，自己和家人都觉得好吃。可是现在我一个人，就什么兴趣都没了。

　　如果把吃的摆到我面前，我会吃得很开心。在东京时，我不是一个人，就很有食欲，痛痛快快地什么都吃。

　　现在我每周在枝元小猫家蹭住两三天，每当深夜回到她家，她总给我做吃的，就算是半夜也做。我俩都说，这么吃下去的话，真不知以后会变成什么样，可照样吃得很香。

　　我一个人的时候，什么都不吃。不出去吃，也不从外面买。这样瘦了吗？一点儿也没瘦。一整天没有做饭和吃饭的心思，随便找点儿什么填一填，或者一样东西连续吃无数天。

　　这种生活非常荒芜，不过我感觉，这就是我长年以来一直想要的。

最近有一家餐馆我特别喜欢。

餐馆在熊本大学的背后。

这一带到处是租给学生的小公寓，有很多狭窄得只容一辆自行车勉强通过的窄路。就算路再窄，我也会推着自行车走进去。

三十几年前，我刚搬到熊本时就住在这一带。那时，我和前夫结了婚，有了孩子，事业刚上轨道，父母还住在东京。

那是一条蜿蜒曲折的路，有杂乱的竹林，有墓地。墓碑近在小路两旁，开车进去似乎要被墓碑狠狠划伤车体。这么窄的路也不是单向通行，两车交错时，简直要缩小车身，费一番力气才能开过去。

这种地方居然有餐馆？战战兢兢地开过去，就能看到小路尽头亮着一盏小小孤灯。人走过去，犹如长途跋涉的苦修之人终于走到了今夜的旅舍。

餐馆的名字是"Salute"，已经开业三十多年。开店后不久，我和前夫去过，之后没多久我们就分手了。那次吃得并不愉快，所以我也忘了这家餐馆。

两三年前，渡边京二先生带着我去了一次。京二先生是思想家，也是石牟礼道子[1]的工作助手。这家店他常去。那

1　作家，诗人，以诉说水俣病真相的小说《苦海净土》而闻名。

天我吃了不少，还说我以前来过这里，不过这次的主要目的是与人交谈，吃饭不是重点，吃了什么也没记住。

后来我就把这家店抛到了脑后。直到今年九月初，我和朋友去了一次。店里刚换上秋天的新菜单，有一道牛肝菌烩饭非常美味。后来我邀请朋友一个星期去了三次。圆白菜和油渍沙丁鱼的实心粉意面美味，猪肉和竹笋琴弦面美味，焦香烤鸡也美味。但我一直吃牛肝菌烩饭。

在店家看来，啊，这个人又来了，又来了。我成了熟脸。我带着从东京过来的学生去，带着朋友去，带着很多人过去，每次去，都要牛肝菌烩饭。

太好吃了。牛肝菌烩饭太好吃了。这滋味我从前吃过，后来忘了，现在记忆复苏了。

所谓食物，都是回忆。

对啊，就是这么回事。所谓食物，全都是回忆。现在我一边写，一边感觉到了震撼。牛肝菌烩饭不仅仅是一道烩饭。

啊，啊。

我和前夫在波兰住过一段时间。那时我们经常吃这个。牛肝菌 porcino 是意大利语，在波兰语里叫什么来着？我记得一个波兰词叫"grzyb"，指的是蘑菇。波兰有一对与我父母同辈的长者夫妇，给了我们很多照顾，我在他们那里吃了很多次 grzyb 汤，就是牛肝菌汤。

我到加州后不久，有次忽然想起了这滋味。我买来干牛肝菌，变着花样试做，加上洋葱一起炒，加上波兰菜必用的芹菜根和韭葱，还用干香菇代替过牛肝菌（完全不是一回事）。汤底都是鸡汤，不过那位波兰阿姨用的可能不是鸡汤。几次失败后，我想到里面可以放大麦。

夫喝着放了大麦的汤，唏嘘感叹，说好像吃到了他祖母做的饭。夫的祖母是从波兰移居到英国的。我把这道汤送给四邻的犹太人品尝，他们也都唏嘘着想起了过去。

这道汤后来我做得非常熟练，闭着眼睛都能做出来，最初是波兰风味，后来变成了比吕美风味，油分越来越少，有时我还放酱油。在这道汤开始远远背离波兰风味时，我买来意大利米做起了烩饭，芦笋烩饭、牛肝菌烩饭。

我做的东西自然不能和专业厨师做的相提并论。不过，只借着一股牛肝菌的气息，我想起了过去做的菜，我的家庭，我的来路。这气息扯出了很多我潜藏心底的下意识的东西。所以我成了 Salute 的熟客。

啊，啊。

我想吃的究竟是什么呢？我一路吃过来的，究竟是什么呢？

泡个药浴
好暖和啊

　　我在东京时，就回小猫家。我给她发短信"现在就回家"，她回答"好"。我问"有剩饭吗？"，回答总是"有"。我回去后，真的有剩饭（中午做好用于拍摄的）。小猫就是我的哆啦A梦。

　　话虽如此，我最近很痴迷入浴剂。

　　说入浴剂之前，必须先说点儿别的。我这人特别在意浴室（兼洗手间）里的颜色。洗澡水的颜色倒在其次，我在意各种浴室用品的颜色。瓷砖白色、洗衣机白色、马桶白色、卫生纸白色。但是其余东西，洗发水瓶、洗衣剂瓶、毛巾、化妆品、入浴剂、书、漫画，都五颜六色，有些配色和构思堪称恐怖，放到一起就是混沌场，让我目眩不安。所以我只买同色毛巾，洗发水、洗衣剂和入浴剂尽量买包装色最不起眼的。有时干脆揭掉标签，只放光溜溜的瓶子。

　　找来找去，我终于找到了包装不起眼、内容很劲爆的入浴剂，就是津村的"香草药浴"，以及地球制药出的"琥珀汤"。

绿瓶子的香草药浴从颜色到形状都很朴素，看上去心安。据说含有陈皮、薄荷、川芎、当归、北沙参、洋甘菊等成分。褐色瓶装的琥珀汤有牛蒡、艾草、白桦、鱼腥草和茶叶精华。

香气别提多舒服了。

把泡完澡的水装进塑料瓶里，装上喷雾头，喷到叶片需要水分的植物上，植物马上散发出混合了陈皮、薄荷、川芎、当归、北沙参、洋甘菊和牛蒡、艾草、白桦、鱼腥草、茶叶的香气。

从根本上说，泡澡这种行为在水不够用的加州（叹气）是做不了的。更不要说我在加州的家里根本没有浴缸。加州连续几年干旱缺水，除非头发又油又痒，忍无可忍了，才蜻蜓点水似的飞快冲一下。

回了日本我天天泡澡。浴盆里放满热水，加进香草药浴或者琥珀汤，边看漫画，边舒舒服服地慢慢泡。

散发着药浴香气的日子真不错。

平时我不祭拜牌位，不过经常点香。这是跟父亲学来的习惯，他每天要给母亲上一炷香。还有一个原因就是，房子长期无人居住，门窗紧闭，隐约有霉味，点香可以压一下。

父亲死后，我用了别人送给我的线香，用光之后，开始自己买。买过印度出的便宜香，烟太大，熏得我头疼。接着买了日本出的佛坛牌位专用香，那味道让我想起日本老派家庭的老墓地，乱竹丛生，蚊虫出没；想起了一大家人都洗完了澡，最后儿媳妇用浴盆残水洗身的背影，于是也不用了。有人去高野山旅行，回来送给我一盒很贵的香，恍若身在寺院正中闻到的香火气，这个也没再用。几次挫折之后，现在我从网上买单香调的伽罗、白檀和沉香。

我在这边沉迷伽罗、白檀、沉香和香草药浴，小猫那边却迷上了天然精油芳香疗法。

小猫卧室的气味非常好闻，仔细看，她床头柜上林立着无数精油小瓶。每夜每夜，精油蒸气从扩香器里悠然升起。其实这个扩香器，我正犹豫要不要买。

我一夸好，小猫就给了我一个带 USB 接口的小扩香器，说是别人刚送给她两个，分给我一个。还给了我两三瓶带着"自由"和"深蓝"之类名字的混合型精油。

看，小猫就是我的哆啦 A 梦朋友。

所以，开始我用这些"自由"和"深蓝"，现在"自由"和"深蓝"的气息里又混合了白檀和伽罗，混合了陈皮、薄荷、川芎、当归、北沙参、防风、牛蒡、艾草、白桦、洋甘菊、鱼腥草和茶。气味泛滥。

我忽然想到，气味的泛滥和色彩的泛滥是一回事。所以这阵子我不点线香了，"自由"、"深蓝"、香草药浴也暂停了，只用单一的鼠尾草香精油。鼠尾草，唇形科鼠尾草属。

最初从扩香器中闻到的鼠尾草精油气味，让我特别感动。啊，是加利福尼亚原野青草的气息。加利福尼亚的干旱荒野上，大片黑鼠尾草和白鼠尾草肆意生长，随风摇曳，一眼望不到尽头。春天是这样，到了夏末，空气那么干燥，轻轻一揉鼠尾草，它便碎成了粉，强烈的香气轰然而起。

我回想着这些，在熊本的房间里扩散着鼠尾草的气息。不知道克莱默怎么样，它的鼻子比我灵敏几十倍、几百倍、几千倍，这过分强烈的故乡气息，它在用什么心情默默忍受呢？

豆腐拌小菜
放进菠菜即春天

便利店饭团，吃腻了。三明治和便当，吃腻了。煮蛋和沙拉还有鸡胸肉，再也不想吃了。九个月来，我尽吃这些了。

第一篇开头我便写了食物，上上篇说了食物，因为食物的存在至关紧要。

那会儿，我几乎天天吃淡口酱油炖的魔芋和茄子，吃了整整一个夏天，现在连看都不想看。淡口酱油味儿也很腻烦。

我基本上只要找准了一种东西，就会使劲吃，想一直吃到腻。不完全因为喜欢，更像赎罪，除此之外没有别的路可走。一直不觉得腻当然是一种能力，不过我更像强迫症。

我最近一直在想，"来日本后，我的饮食生活很贫瘠。在加州那会儿，吃的都是好东西"。

可是我遇到的人都这么问我："日本的食物比美国的好吃吧？"他们似乎已经有了铁定的答案，并不谋求我一定回答。

住在日本的人这么问，住在海外的也这么问。我都不知道怎么回答。不能说食物难吃，但真的不好吃，谈不上我吃的都是好东西。单从饮食品质来看，可以说非常不好。我自己也不理解，为什么我的现实与他人的想法之间会有落差。

　　现在我知道理由了。我在加州时，从不买成品，所有食物都是自己动手做的。我包饺子，做麻婆豆腐，炒通心粉的浇头，自己调油醋汁。

　　之所以这么做，是因为外面卖的不合我口味。美国产的冷冻食品，美国超市的成品食物、快餐，都不合我口味。

　　我住在加州的城市里，附近什么都能买到，比日本方便得多，几乎没必要自己做饭。可是成品的味道总比日本的稍微咸一些、甜一些、酸一些、油腻一些。我这个不想吃，那个不想吃，无数不想吃重重叠加，就有了"别管我，我愿意自己做"的想法。

　　在美国餐馆吃饭确实觉得美味，可是量太大（简直是喂牛喂马的量），打包回去第二天再吃，就非常不好吃。金斧子变成了普通的铁斧子。

　　在日本就没这回事。

　　在日本吃什么东西之前，已知是什么滋味，吃进嘴里，果然一如既往。不难吃，没有"天啊，再也不要吃了"的厌恶感。冷冻食品，超市的成品菜，便利店的便当、饭团、三明治都如此。在日本的便利店买东西，这种行为本身让我内心雀跃。"可以买到这种东西呢，还有这种！"无数次我向在加州的女儿和朋友们汇报心情，然后一直一直买，一直一直吃。

这种生活持续了九个月。我感觉现在的自己，在不知不觉间被看不见的防腐剂和添加剂紧紧缚住了，被充斥着化学调料的重口味紧紧缚住了。我吃的好像不是食物，而是工业制品，敲一敲简直能发出"咚"或者"嘭"的一声；再不然就是有种过剩的筋道或蓬松感，很不自然。最可怕的是，无论买什么，吃什么，都要产生大量垃圾。塑料包装，纸包装，一层层塑料。这让我很难受，所以我严肃认真地做了垃圾分类。

严肃认真。

我经常用这个词。父亲在世时，我跨越太平洋，往返于加州和熊本时，经常用这个词。要知道一个月往返一次实在太难受了，但是没办法，我只有对别人、对自己说，"我是严肃而认真的"。

我现在的心情，就是那会儿的"严肃认真"。

就在前几天，我忽然很想自己做饭。

我会做，毕竟做了这么多年。那为什么最近不做了？怎么说呢，好像一颗钉子扎进了我心中最易痛的地方（现在还扎着），让我停下了手。

　　首先我想做的，是豆腐拌小菜。鹿乃子和沙罗子喜欢吃日本菜，她俩还在家住时我经常做。她们两个离开家后，剩下夫和小留，那时我做的所谓日本菜主要是寿司和炸鸡块，豆腐拌小菜这种清淡滋味的小东西不怎么做了。现在我很想吃豆腐拌小菜，想做。

　　豆腐，菠菜，胡萝卜，魔芋，芝麻，糖，盐，几滴酱油。

　　从食橱拿下来大大的捣钵，已经几年没用，上面落满了灰。洗净，擦干爽，在里面捣碎芝麻，放进挤掉水分的豆腐，放砂糖、盐、几滴酱油，捣成豆腐糊。然后拿出砧板。砧板也好久未用，洗干净，拿出大菜刀，切菠菜和胡萝卜，焯水，煮熟，调味，用豆腐糊拌好。最近一直吃成品，早就厌烦了成品味儿，我做的这个里面没有化学调料，没有添加剂，我做了一大钵，虽然滋味有点儿特别，无法拿给别人吃，无论如何，是我家的滋味，是我的滋味。

　　这么大一钵，超市差不多三千日元的量。就算代替三餐主食，大口大口吃也得吃三天。我这是做什么呢，这么多……拿它怎么办。

人会死
艾草依旧旺盛于荒野

时隔很久，我回了圣迭戈。

九个月没回去了。

我想见很多人，很多狗。想喝圣迭戈的啤酒，想和狗一起漫步荒野，想看太阳沉落进西海，想看月亮从荒原上冉冉东升。

日本夫妇M和Y去机场接我，拥抱之后，我哭了。回到家，蝴蝶犬尼可猛扑向我。沙罗子还没下班，她的伴侣D在家。拥抱后我想对D说点儿什么，干着急，英语挤不出来。

然后我出门，去见对面的J和D夫妇。啊，这里要用名字，不用缩写。杰利和黛安。

三十年前，我仰仗诗人杰利来了美国，没办签证，只有九十天观光免签，我打算待满九十天。那时，黛安女士去机场接了我，之后我们关系亲密得就像亲戚。现在那扇熟悉而亲切的大门和往常一样为我打开，已近九十岁的夫妇俩说着

"我们在等你呀，盼着你来呢，我们很想念你"，然后紧紧拥抱了我。

之后我去见了 C。我住在这里时，每天和 C 一起遛狗散步。

之后在 Peet's Coffee 等来了 E。

晚上，和从前一样，与 M 和 Y 去喝了啤酒。

整个美国西海岸的啤酒都以强烈的麦芽苦味闻名。其中圣迭戈又以啤酒作坊数量和麦芽苦度拔得头筹。那种苦感和香气，是喝日本啤酒的人想象不出来的。我家附近就有几家直连酿酒坊的啤酒馆。夫死后，我经常和 M、Y 夫妇过来喝啤酒，用日语聊天，频率之高，真的印证了"近邻胜过远亲"。我以为我们会一直这么交往下去，没想到自己中途溜号回了日本。

P 死了。

N 重病住院，状态相当不好。

G 腰不好，轻易出不了门。

杰利和黛安这么告诉我。P 和 N，与我走得不算太近，但 G 与我很要好，我得打电话问候一下。

T 发来短信："过两天去看你，现在父亲住院了，我正手忙脚乱呢。"

对了，附近还有一个很亲近的朋友，H，可惜无从联系，因为我回日本不久他就死了。前一阵黛安给我发来邮件："H家房子挂上了出售的牌子，每次看见我都很寂寞。"现在出售的字样已经消失，看来房子换了新主人。

九个月的变化竟然这么大。

明明这里是加利福尼亚，城市却仿佛褪了颜色。街道景色、人家、棕榈树、九重葛，看上去都暗淡无光。过去我每隔两天就要去一次的菜店，看上去灰乎乎的。过去常买的东西在货架上一如既往，店内客人一如既往、在我看来，几乎都是老人。

1991年，我依靠杰利和黛安的帮助第一次来到这座城市。抵达的第一天夜晚，他们把住在对面的好友介绍给我。当时，这人就像我现在这个年纪，是个初老男人、画家，和杰利在同一所大学教书，脸上带着平和而温暖的微笑，前额谢顶，白色长发向后梳成马尾辫，说一口知性的英国英语，对人和蔼、耐心，认真倾听了我结结巴巴的英语。我看了他画的画，真的出色。当时我与前夫刚离婚，正灰心丧气，看见这个男人的画，有那么一瞬间我暗戳戳地想，如果和这个男人交往，也许能弄到他的画。这人就是夫，最后我照顾着他，送他离开了这个世界。这人其实并不温和，也没有耐心，不仅如此，卖不出去的画在家里堆得到处都是。

多亏有杰利和黛安在。我最小的女儿小留出生时，夫死时，多亏有他们在。

夫死后，再过几年就要轮到杰利和黛安了，那时我想过要给他们送终。不过在这件事上我也中途溜号了。

这次回去，看到他们的家里脏了。厨房到处黏糊糊，玻璃器皿污蒙蒙的，客厅沙发满是污渍，蒙着灰尘。啊，这种场景我那么眼熟。从前我回熊本时，父母家就弥漫着这种脏。黛安和那时的我母亲一样，已经看不到、感觉不到脏了。

黛安用非常平静自然的口气说出的话，也让我心情沉重。

"这阵子杰利啊，走路越走越快，刹不住，最后会摔跤。幸好他平时不怎么走，偶尔走一走就会这样。"

（啊，这是帕金森病的症状……）

"住在远处的儿子经常来电话，让我多带着杰利出去走路，买东西要一起去，我希望儿子不要多管。让我一个人待一会儿吧，哪怕只是买东西的时候。过去我有很多结伴买东西的朋友，他们都死了，剩我一个人了。"

黛安曾是个完美主妇，能干、热情、从不依靠别人。别人劝她雇人做卫生，她不听，只说要自己做。

听着黛安的话，我伤心到受不了。我用力拥抱黛安，想对她说：我一定会回来的，你死的时候，我会陪伴在你身旁。但我没能说出口。

据说几日前下了雨，就在加利福尼亚持续山火之后。（这一带未被烧及。）我带着尼可去荒野散步，看见土地上生出了无数苔藓地衣，鼠尾草和艾草一闪一闪的，熠熠有光。荒野即将萌生无数新的草芽，在春天到处疯狂蔓生的野瓜蔓也稍微长长了些。

季节在流转，生命在循环啊。我想。

初春的狂风
攀爬滨松町的台阶

今天我要发牢骚。有一个字写作"汉"，读作"女人"（此处请参看《闭经记》）[1]。大婶儿和老奶奶都是汉。

有时我心里真的塞满了公愤和义愤。

很久很久以前，我在《好乳房 坏乳房》这本书里哀叹过东京地铁设施的冰冷无情。他们不知道对于一个抱着孩子的女人来说，在东京地铁系统乘车多么艰难痛苦。当时大女儿鹿乃子体重十三公斤，我抱着她，相当于抱着十公斤米加三袋一公斤重的砂糖。

那时我年轻而强壮，可以一边痛陈不满，一边带着我十公斤大米加三袋砂糖重的女儿，推着四棱八角的婴儿车，背着装有尿片和书籍的大包健步如飞。可是我现在六十三岁了，腰和膝盖都不行了，平衡感比以前差多了。

---

1 《闭经记》后记中提到，该书连载时的标题是《我乃汉》。写作"汉"字，读作"女人"，是作者对生机勃勃的中老年女性的自创称呼。

东京人乘电动扶梯时习惯站在左边，让出右边，我总是不小心站到右侧。被拥挤人流裹挟上扶梯对我来说很恐怖，我总是站不稳，脚下发虚。即使站到左侧，因为带着很多行李，经常被右侧通行的人冲撞，每到这时我都保持不住平衡，心里很害怕。

不光是这样，我的手腕有慢性疼痛。可能是前段时间从台阶上摔下来时扭伤了。自那之后我往返于东京和熊本，总拖着行李箱，手腕疼得越来越厉害。尤其是站台上和换车通道里的黄色凸凹块，那是为视觉障碍者设计的盲道，行李箱一到上面，我的手腕就不由自主地发出伤痛的哀鸣。盲道本来为了守护弱者而设计，现在却伤害了其他意义上的弱者。

上年纪后，皮肤干皱，白发越来越多，赘肉有增无减。平衡感变差，膝盖和腰疼痛，这些都理所当然，我只能接受。但我愤怒的是，三十多年了，东京地铁系统的种种状况没有任何改进。就这还要开奥运会？！

我最常去的地铁站是滨松町站。

滨松町站里有 JR 山手线、京滨东北线，还有开往羽田机场的东京单轨。三条线在同一个站里，不用出站。出站后稍走几步，就是都营浅草线和都营大江户线的大门站。

浅草线东接京成线，西接京急线，既可以去羽田机场，也可以去成田机场。在日本桥站可以换乘东西线。我去早稻田时，经常坐这几条线。

如果是回熊本，就在滨松町站换乘单轨电车去羽田机场。

其实浅草线直通京急线，坐这个就能去羽田机场，但我脑子里的东京地图还和三十几年前第一次抱着婴儿在东京和熊本之间往返时一样，是老地图，去羽田机场只有单轨电车这一条线。对我来说，使用频率最高的就是滨松町站，根本不是什么东京站或涩谷站。

问题来了。从地铁的大门站到滨松町站，这段路全部是上坡。最初有电动扶梯还好，但是换乘一段又一段扶梯之后，还剩最后十几级台阶时，扶梯没了！只能爬台阶。

那种上当受骗感！那种被辜负的感觉！带着沉重行李时真的很绝望。实际上不光我一个，在这里，我见过无数人带着绝望的表情攀爬台阶。

倒是有升降电梯，可是很难找，而且得绕远。谷歌地图显示从地铁的大门站到滨松町站只需要四分钟，可是以我的腿脚，四分钟绝对不够用。

好不容易爬上台阶，邻接的单轨电车站内只有一台狭窄而陈旧的升降梯，忙得不可开交。根本负荷不了等电梯人的数量。原因很简单，挤在这里等电梯的，是要去坐飞机的人，都带着大件行李。

我不愿意等，没其他办法，只有爬台阶，爬到二层，爬到三层，才能抵达检票口。

台阶不说了，在滨松町站坐计程车也极其艰难。过去在单轨电车和地铁站之间，世界贸易中心大厦下面有一个计程车上车点。如今那一带施工，上车点作废了。现在计程车都在从竹芝栈桥去增上寺的大路上排队等客。

前几天晚上下着冷雨，我带着沉重的行李到达东京时，已经精疲力竭。想坐计程车，那车明明亮着空车灯，却告诉我这里不能上，得往前走。我往前走了，再问计程车，被告知还得继续走。我走啊走啊，听到的指示始终都是"继续往前走"。我这才明白，得走非常远，走到一个远离车站的地方，才能上计程车。我心想算了，扭头回了车站，换了几次地铁，终于到达了目的地。

六十三岁的老奶奶在冷雨里抱着大行李，白发凌乱纷飞，恳求司机快点儿载我，司机却躲避了我的视线，只一个劲儿地摆手示意我往前。冰冷酷寒的东京冬夜啊。这种冰冷劲儿，这种堵心劲儿，究竟是什么呢？是这个大都市？是都市人冰冷的心？是看不到一丝希望的奥运会的未来？

事情还有后续。这一带始终在施工，情况随时发生变化，经过改善或某种妥协后，计程车上车点改到近处，比以前容易上车了。前几天时隔很久我去东京时（2021 年 4 月），看到告示，滨松町站的某座楼即将关闭不再使用。告示上写着"多谢五十七年来的惠顾"。这就是说，各种不便之处正在得到改进，同时也说明，五十七年前的设计压根儿没有考虑老弱人士，而现在的社会确实在进步，我有些感动。

我的绝望便宜卖了
都拿去！臭小偷

现在大学放春假，我不用去东京，不用去大学上班，不用早晨五点半被闹钟吵醒，不用在机场穿行，不用爬地铁台阶，不用靠便利店饭团填肚子了。

但是我得处理积压已久的约稿。我以为趁着放春假，我能高效率处理工作，带狗散步，给植物浇水、换盆，做以蔬菜为主的淡口味菜肴，大口大口吃下去。啊，真要能这么顺利愉快就好了。

实际上工作一点儿也没进展下去。

我不仅要完成约稿，还得整理堆积如山的文件，写必须寄出的信，交必须要交的钱，扔掉不必要的东西，收拾家里的杂物山，衣服都要叠整齐。这些我都没做成，只照顾了植物，遛了狗。因为我被下面要说的事情分了心。

这件事乍看与春假无关，实际上有关系。因为放了春假，我可以气定神闲地遛狗，不用赶时间。于是遛狗时遇见了老朋友 K。每次我们在遛狗路上相遇，都要驻足说一会儿话，有时还一起散步。克莱默认识 K 家的狗，不乱叫。K 家的狗很爱我，因为我总是随身带着肉干。

K 说："明天六点，有个讨论 T 川蓄洪地有效开发利用的集会，你来不来？"

我有兴趣，加上放了春假，心情比较放松。

我家就在 T 川边。我去美国之后，依旧保留着这处房子，每次回来都住这里。父母的房子原本就在附近，现在已经卖掉了。

T 川以前经常泛滥，大约三十年前，政府把河滩改成了蓄洪区，修建了几道水闸，有洪水险情时，便开闸把水引到这里。自从建好后，即使下再猛烈的暴雨，这一带也没有发过洪水。

据说，三十年前政府还计划在这里修建门球场和网球场，建好水闸和一部分设施后，政府没钱了，剩余工程半途而废，蓄洪区的土地被挖开，环境被破坏后，政府不管了。

被闲置的土地慢慢变成了原生植物和外来之物的繁生之地。苦楝树种子飞来，幼苗长成树林，到了初夏，河滩上飘散着苦楝的清香，杂木丛里结着野草莓，雉鸡在此安家繁衍。盛夏野葛蔓生，五叶藤和葎草茂盛，苎麻和香蒲葳蕤向上。

秋天里王瓜结出果实，黄栌树叶被秋色浸染。入冬后草木枯黄，初春时节死而复生。几十年来四季流转，河滩彻底回归为凌乱而丰盛的自然，成了野鸟的乐园。

但是几个月前，不对，可能一年多前，河滩上开始了可疑的施工，久久不见结束，令人心里不踏实。

市里以"迎宾计划"的名义处理河滩上的杂草，将草铲平后，在河滩上覆盖了深绿色的地毯。没过多长时间，河滩几乎都被这种地毯盖住了。野草消失，苦楝被砍伐一空，杂树丛被清除，河堤上堆积了沙子，弄得就像城市公园的慢跑专用道。几十万平方米的蓄洪区的边缘地带还陆续种植了樱花树。也不知究竟想做什么。我开始没太在意，只觉得"如果修整得干净又漂亮，就太无味了，仿佛被消了毒。雷同的规格化景色不是熊本的味道"。

我还是太乐观了。

参加集会后我才大吃一惊。

市里计划将现在的自然状态彻底清除，让民营公司投资建造宿营地和烧烤公园来赚钱。听着官员们的说明，我心中燃起凶猛怒火，热度几乎能将我的身体蒸发一空。

我按捺不住，站起身说："自然一旦被破坏，就找不回来了呀！"某个举双手赞成投资计划的老头子口气里带着恫吓："别把自然自然什么的挂在嘴边，过去这么多年那里一直是自然，带来好处了吗？"

他，还有其他老头子，对，我要用"老头子"来称呼这些人。他们是一群五十多岁、六十多岁、七十多岁和八十多岁的老头子。

不对，不对，男的不都是"老头子"。实际上，邀请我参加集会的K先生也七十多岁了，他打心眼儿里喜欢自然，常说"自然无须人插手，不去多管就好了"。所以"老头子"是一种个人特质。我当然知道这点。但对大多数老头子来说，苦楝、香蒲、野草莓、成群的雨燕野鸭、少见的渡鸟，等等，都不如安全方便的生活重要。所以他们才找到民营公司做这种上不了台面的生意，让广告宣传旗和噪声占领河滩，为谋求小利而破坏大自然。

想到这里，我绝望了。无论我说什么，这些不爱自然的老头子都不会理解。不仅不理解，在此之前，他们还不习惯我这种毫不客气据理力争的女人。难道要从这么初步的地方做起吗……这也让我陷入了绝望。

波希米亚狂想曲里
樱花盛开

去年的事。早稻田一个学生问我"老师你看《波希米亚狂想曲》了吗？特别好看"，交的作业也是一首受到《杀手女王》歌词影响的诗（诗歌课程的作业）。后来其他学生也问我看没看《波希米亚狂想曲》，说好得不得了，交上来一首赞美皇后乐队的短歌（我教现代诗，学生可以写俳句或短歌）。之后又有其他学生，如此反复，班上响彻了波希米亚狂想曲。

七十年代我上高中时是泡在摇滚乐里的，但没听过皇后乐队。

在我的少年时代，1969 年的伍德斯托克[1]聚集了四十万人。我贪婪地听遍了美国西海岸各个摇滚乐队的歌，度过了十五岁、十六岁、十七岁，憧憬要是再有一次伍德斯托克就好了。我的少年时代绝谈不上明亮，好歹平安地活到1975 年，

---

1 纽约州北部城镇，在其附近举行的音乐节被视为音乐史上的经典。

二十岁了；1977 年大学毕业，当年结婚又离了婚。1982 年去了波兰，1983 年再次结婚，1984 年生下鹿乃子，搬家到熊本。去之后马上申请了保育园，但没名额进不去。有半年时间，我抱着小婴儿，和一心想工作的前夫据理力争，拼死命做了自己的工作。忙碌得完全没有听音乐的时间，不要说 Live Aid[1] 了，外面世界发生的各种事我都无暇顾及。

现在学生们都说这电影好，那我就得看看，于是去电影院看了深夜场（我看电影，克莱默在车里等我）。

看完我也觉得特别好，超级好，又推荐给朋友、邻居、在加州的女儿们。与我同龄的几个朋友向我推荐这部电影，我得意扬扬地说已经看过了。去东京时，我拉着小猫去附近的电影院看了第二遍。之后过了没多久，自己在熊本又看了一次深夜场（让克莱默在车里等着）。后来几次飞国际航线，连续在去程的飞机上看了四遍，回程看了三遍。

看前两遍时觉得电影里的一切都很迷人，后来开始对配角有了兴趣。第三次我是为了布莱恩·梅[2]和约翰·迪肯[3]看的。

---

1 1985 年为给埃塞俄比亚饥荒筹措慈善资金，在英国伦敦和美国费城同时举行的大型摇滚乐演唱会。皇后乐队在这场演唱会上的表演是电影《波希米亚狂想曲》中的重头戏。

2 Brian May（1947—　），皇后乐队的吉他手。

3 John Deacon（1951—　），皇后乐队的贝斯手。

电影主角是弗雷迪[1]，但这不是他一个人的电影。故事里的每个角色都塑造得非常细腻。罗杰[2]英俊得闪着神光；布莱恩的眼神有种穿透一切的力量；约翰冷静干脆，就像音乐里的贝斯。

他们在写《波希米亚狂想曲》这首歌时，弗雷迪问布莱恩："你（因为玩摇滚）丢失过什么？"

"什么也没丢失。"

"就得这样。"弗雷迪说。

我太喜欢这一段了，倒回去看了好几遍（在飞机上）。

还有他们去美国巡演时，弗雷迪把麦克风对准约翰，约翰稍带羞涩地说："休斯敦，我爱你！"这里我也倒回去看了很多遍。

细想一下，摇滚乐队粉丝的爱，不都是给最中心最华丽的主唱歌手的，很多粉丝喜欢主唱身后不那么起眼的鼓手和吉他手。我想起自己上高中时，我们喜欢校篮球队队员，不是所有人都喜欢英俊个子高的 R 君。小个子的 M 君，戴眼镜的 K 君，大猩猩似的 A 君，也必有死忠粉丝。电影在这里做得很好，充分理解了粉丝心理。

---

1 Freddie Mercury（1946—1991），皇后乐队的主唱。
2 Roger Taylor（1949— ），皇后乐队的鼓手。

电影里的罗杰太帅了吧，冲动之下我上网搜索，真实的罗杰更帅。

我在少年时代沉迷的是尼尔·扬。大家搜索一下就会知道。尼尔·扬现在是很老的老爷爷，从前是个深沉内向的好男人，远不是帅哥，曲子也不是帅哥式的流行风。他的曲子有的简单好唱，大多数沉重晦暗。少年时代的我喜欢的是这种类型啊。这么想着，我察觉到电影里一个有趣的点。

扮演罗杰的本·哈迪身上，总有一束光。

尤其是乐队在做电影同名曲时，他们在农场厨房里发生争执，一束光从上方照着罗杰。我认真看了那个厨房有没有天窗，没找到明确答案，感觉更像导演的有意安排。也许导演想让已经很英俊的本·哈迪看上去更像罗杰·泰勒吧。我这么想着，看了第五遍、第六遍、第七遍。

我还认真搜索了歌词，发现电影情节的发展和歌词有关联。感觉这部电影很像一种能剧和文乐，歌与故事紧密融合。我这么感慨着，看了第八遍、第九遍、第十遍。

克莱默克莱默
你想和我在一起吗？

最近发生了克莱默危机。

我去东京工作时，把克莱默寄放到熊本的友人 J 家里。J 家有一只边牧，是个既聪明又硬气的女汉。克莱默比人家年纪小，性格也厌，总是挨边牧的低吼和顶撞。不过在旁人看来，这一年间两只狗相处得还不错。没想到在这个春天，事情有了变化。边牧变得懒得活动，不如过去机敏了。人们以为是狗到中年，发胖懒得动，但那懒劲儿不正常，连几步都跑不动。经兽医诊断，边牧得了糖尿病。病因是烦恼郁积，精神压力太大。说到这一年来导致精神负担的变化，那就是克莱默的出现。边牧觉得自己的领地被侵犯了，它原本就是糖尿病体质，郁积太多的烦恼恶化了病情。这是兽医的看法。兽医还认为，最好暂时不要让两只狗见面了。从边牧的角度看，这个结论理所当然。

从克莱默，不，从我的角度看，这是大麻烦。

我想了很多对策。

一、把克莱默寄放到熊本的狗舍或兽医院里。当然，狗舍和兽医院无法与朋友家相提并论，从此克莱默全天都得进笼子。

二、我带着克莱默搬家到东京。但是这样一来，我只能过大学与家之间的单线生活，其他什么也干不成了。

三、只把克莱默送回加州。

加州有我的朋友C。克莱默和C的狗好得像一对情人。以前我经常和C互相寄放狗。我把克莱默的麻烦告诉C，问他："万一我把克莱默送回加州，能不能请你帮忙照看？"C在邮件里回复我："当然可以，只要不是每天。"

加州家里现在二女儿沙罗子和伴侣D住着，家里还有蝴蝶犬和哈巴狗。两人清晨早早出门工作，夜里很晚归来，这种生活养小型犬勉强凑合，克莱默这种大狗肯定不行。不过，沙罗子还是在邮件里告诉我："我们不当主力军，只做辅助的话，多少能起点作用。"

还有训犬师Q。以前我每次回日本，都把狗寄放在Q那里。时隔很久我联系了他。他说："随时恭候。"但这样一来，克莱默就算长期住进Q家了。不知为什么，克莱默和Q不亲近。还有，为了和克莱默见面，我又得重启过去定期越洋往返的疲惫生活。

我考虑了很多天，分析了各种可能性，决定了大体方向，那就是送克莱默回去，让训犬师Q、友人C、二女儿沙罗子和伴侣D分时间段照顾。

没办法啊。克莱默身边只有我一个人，它留在熊本的话，每星期一半时间得待在笼子里。我们去东京的生活完全不可行。相比之下，回加州对克莱默来说幸福多了。

不过，这只是我脑子里的一个"解决办法"，从感情上我还下不定决心。

克莱默一旦回了加州，就回不来日本了（带它过来的手续已经极其费事）。我在日本的生活不知还将持续几年，我得熬过它不在我身边的漫长日子。

克莱默和我很亲，总在我身边紧紧黏着。说不定，克莱默觉得我是它妈。如果它离开我，一定非常伤心。而我也会永无休止地后悔自己推开了它。

想着想着，眼泪停不住了。我泪水涟涟，带着克莱默走过熊本的山野与河滩。

克莱默根本不在意我哭。一到了无人的河滩上，它和往常一样，兴致勃勃地邀请我一起玩。我和它赛跑，它撒着欢儿跑远，返回来找我时，是一张开心的笑脸。我当然不会告诉它，最近我们不去 J 家了，不和边牧玩了。狗狗的心里只有眼前正在发生的事，不想别的。

一来二去，做决断的时间到了。我得赶在大学开学之前下定决心，还要办理各种手续。

我这样思前想后过了几天，自己也快被精神负担压垮。一天晚上，我在网上给小猫发了 SOS 信号。

"在吗，小猫？"

枝元不姓猫，不姓狗，我四十年前认识她，一直叫她小猫。

"在，咋啦？"

"我一想起克莱默的事情就想哭。"我这么一说，小猫打来了电话。我在电话里说着说着就哼哼唧唧地哭出了声。

认识我多年的小猫说："比吕美啊，这么多年了，你一点儿都没变。"

对，三十五岁时我就是这个样子。那时我为男人的事而痛苦烦恼，不知道怎么办才好，觉得生活山穷水尽了。

小猫说："你把明天的事想得太复杂了。"

"我们活了这么久，知道这世上有很多办法可以回避痛苦局面啊。"

然后我决定了。不送克莱默回加州。我要和它一起在熊本生活。

我找到的第四条路，是不送克莱默去狗舍或兽医院，而是请以前在紧急情况时帮忙的爱犬教室的老师照看。

　　这是我能想出的最优选择。虽然最开始我不知道克莱默能不能适应。所幸克莱默非常喜欢爱犬教室的老师。刚刚去过几次，就已经和人家熟悉得不得了，只要看见老师，就一声不吭地蹭过去舔人家。它是绝不和不喜欢的人亲近的，遇到不喜欢的人连理都不理（比如从前的训犬师Q。Q其实是很好很好的人）。克莱默自己跳上老师的车，去老师家住半星期。这么做虽然很花钱，不过想一想，三十五年前我给保育园交过学费，现在是一回事儿，花钱不算什么。我想和克莱默在一起，一起活过每一天，直到它死去离开我。

未碰琴键
已知春风

那什么，我开始学弹钢琴了。

我很想一脸自豪地这么告诉大家。不过，这其实是一年前的事。一年间我有太多事不得不说，就拖后了。而现在我已弃学很久，不过还是想写出来，想让大家赞美一下我年过六旬开始学琴的勇气。

我让三个女儿都学了钢琴。大女儿鹿乃子现在就以钢琴教师为业，但我自己从没想过要去弹琴。

小学时父母让我学过一阵子大键琴[1]，痛苦死了，我很快放弃了。

书法班和绘画班就不痛苦，我开心地学到上初中以后，从中学到了非常重要的东西，懂得了一些最根本的人生道理。相比之下，我和音乐没缘分。

但是我喜欢听。别看现在我一天到晚只听皇后乐队，之

---

1 又名羽管键琴，一种拨奏弦鸣乐器。

前我是古典乐迷，喜欢钢琴作品，这几年痴迷歌剧。再说一次，在看《波希米亚狂想曲》之前，我是这样的。

但是我写不了关于音乐的文章，也没写过。因为我心里有个一直过不去的坎儿。

小学高年级时，我们去音乐教室上音乐课，老师是我特别喜欢的好老师，教给我们很多正经八百的音乐知识。比如音阶、调性，什么调可以转成什么调。可是有一次老师布置了"作曲"的作业。我音乐成绩很好，以为作曲易如反掌，就试着用五线谱写下了脑海里浮现的旋律，之后无论怎么绞尽脑汁，都谱不成一支曲子。我这才知道，我对作曲时需要的乐理一无所知。

从某种意义上说，"明白了自己有不明白的事"是一个非同小可的瞬间。

后来我长大了，开始听摇滚，听古典音乐。在美国时，夫喜欢听古典乐，为了和睦相处，我更加沉迷古典乐。可是无论听多少，我依旧对音乐写不出一个字。

忘了是什么时候，我买了本名为《乐典》的乐理书，但和看数学书一样看不进去。（我的数学，无论何时，自始至终，都超级弱。）在那之后我就想，等以后回日本了，要去学钢琴。

为什么不在美国学？美国的音乐课贵得吓人（一小时上

百美元。为了女儿们，我掏过这么多钱）。另外，美国的音乐术语也和日本不一样。日本的哆来咪，在美国是 CDE。日本的哆长调，在美国是 C 大调。我六十多了，死脑筋一个，记不住新东西，想用小时候学过的音乐术语学琴。

第一次上课，我就告诉老师："我压根儿不想弹琴。"

这个年纪学钢琴，和这个年纪减肥一样难如登天。

"我活了大半辈子，按错键，动作不流畅，紧张，狼狈，这种事已经经历得太多，不想在这个年纪重来一遍。"我直截了当地告诉老师。

我想学的是音乐的原理，想知道乐曲是如何构筑的。

小学时因作曲失败导致的屈辱（又叫作心灵创伤），我现在想雪洗，想弥补。

老师说："既然这样，你可以学巴赫。"接着给我讲解了巴赫的创意曲。老师看着乐谱，用不同颜色的铅笔标注出乐曲中出现的同一个乐句，让我看到粉红色的段落一会儿出现在这里，一会儿出现在那里，刚才冒过头的绿色，没一会儿又冒出来了，和蓝色合到一起，或者盖住了蓝色。

这和我听熟的创意曲很不一样，简直像古老的故事，灵动而有生命。像舞蹈音乐，比如尊巴，里面有跃动的肉体，有充满节奏的舞步；像一段用鲜活表情和手势讲出的落语。

"这个音符在渴望结束。"没想到老师会这么表达，我听到后简直目瞪口呆。

　　我甚至对老师说："老师，不好意思，请你再说一遍。"

　　老师重复说："这个音符在渴望结束。"

　　我一直以为，只有人以及狗，才有"渴望"的意识。没想到音符也有"渴望结束"的意志和感情。评价葡萄酒的术语里有"酒体（body）"和"香气（nose）"之类的专用词，也许这种"渴望"，是音乐评论里的特殊表达方式，不过我自从听到这句话后，再看乐谱时，仿佛看到了无数音符带着情感和意志在鲜活地跃动。

　　我是个差劲的学生，不弹琴，不预习复习，光顾着写约稿了，经常爽约不去上课，为此还接到过老师打来的电话。

　　一年来我三天打鱼两天晒网学到的东西，就是几曲巴赫的创意曲和"音符有渴望结束的意志"。

　　也许只要我好好学习，至少能学会弹一曲。不过我这个年龄学音乐，只要学到了听音乐的路径方法，就已经有了意义。

啊哈哈哈哈春山笑了哟
对哟

女语言[1]好像快灭绝了。

现在周围已经没人用女语言说话了，但是外国演员和歌手接受日本采访的视频里，如果有日语配音，那么女明星准是女语言配音，男明星就不是。差别极其明显。

我作为一个诗人，每次看到过剩的女语言，心里就充满愤懑，可以说是公愤，也可以说是义愤。

但是！我仔细听听自己说的话，就发现，别看我是这么一个人，别看我这外表，别看我这种性格，每次接受采访时，就和被配了音的外国女艺人一样，满口的女语言。

尤其是去早稻田教书后，我口中的女语言变多了。我也想过为什么。结论是，我对学生说话时，用了对女儿们说话

1　也称为女性语，女性特有的一种遣词法，对应男语言。近现代的日语女语言，大约成型于二十世纪初，多为当时的中产阶级女性所用，例如在句尾加上てよ、わね、わよ、のよ、だわ等柔软的语气词，以显示文雅，有教养，同时也显得规矩，刻板。从八十年代开始，女语言逐渐被中性表达取代，现在女语言多被视为日本中高龄女性的特有说话方式。

的口气。对我来说，女语言就是家庭内部用语。所以女儿们觉得我说话一股大妈味儿。

我是东京人，在东京板桥区的杂居小巷长大。那一带的口音混合了北关东口音和东京下町[1]口音。男孩子一开口就很粗鲁，你是"おめー"，我是"俺"。换作普通孩子的说话方式，你是"君"，我是"仆"。可我上小学时，从没听见过这种普通方式。

女孩子们聊天时会说"我喝了脱脂奶粉哟""太难喝了哟"。如果是动词的命令型，也用短促的省略型说出。小时候我一直觉得这种语气太粗鲁，一点儿也不喜欢，想着等自己长大了，一定不用这种短促的省略型。

前一阵子我和阿川佐和子女士聊天，才知道在阿川家，母亲对父亲说话都要用书面敬语。我惊讶死了。

母亲是在老城区小巷大杂院长大的，为人粗野、草率，对父亲说话口气随意，活像落语里的江户时代老板娘。母亲平时说话，粗野的男语言里夹杂着女语言。

我的女语言来自母亲。

我的女语言频率更高。这是因为我小时候时代气氛已经

1　泛指地势低洼的老城区。东京的传统下町，旧时多是手工艺人和商家等市民的集中居住地区。对应下町的是地势高、不受洪水威胁的山手地区，旧时的山手地区多官家宅邸。

有了变化，和母亲小时候相比，社会进步了，也富裕了，我接受了完整的教育。这就意味着，曾经是山手女性代名词的女语言，已普及日本全社会。

后来随着女儿们长大成人，女语言逐渐从我的词汇库中消失了。

女儿这一代人的话语里没有女语言这种东西。我跟随她们，也渐渐转换成了更中性的语气。至少我是这么认为的。可是前段时间与小学同学再会，我有一个特别令人震惊的发现。

这位女同学和我同年（初老的女人），现在依旧住在原地，没有离开。她说起话来，满口女语言。我跟着她不由自主地也说了起来。

小学时我这么说话，中学时也是，高中时渐渐不用女语言，不等女儿们出现，已经开始不用了。

当时我有种意识，必须和女语言分手，不能再犹豫。那时我已经有了"女人也是人！"的意识，不想再被关在笼子里忍受下去。不过，这不完全是拒绝女语言，好像也是在拒绝方言。

我长大变成女人后，结识的女友来自四面八方，横滨的，北九州的，仓敷的，熊本的，虽然她们也使用轻微的女语言，但程度轻很多。

这么看来，女语言，尤其是加在句尾的终助词"わ"，以及"わ"的衍生词，是某个时代、某个地域的特定方言啊！我简直想从浴缸里跳出来裸身跑到街上大喊："我明白了！我发现了！我找到了！尤里卡[1]！尤里卡！"

我的发现还不止于此。

我小时候说的东京方言里没有敬语。比如一个简单日常的"来"，长大以后才知道关西方言和熊本方言都有"来"的敬语。我觉得很不可思议，在东京长大的我们，小时候是怎么表达这种日常轻微尊敬的呢？也许东京山手的小姐们会拿腔拿调地用女语言说一大串话表示尊敬，但板桥区小巷的孩子从来不这么说。

不过，其中的谜题我也解开了。

我在自己家，配合着女儿们的中性语气，用中性表达。回到熊本，对父亲说话时，我会用另一种语言。

我说"父亲，到吃饭时间了哟"，不说"该吃饭了"。

我说"父亲，我这就回去了哟"，不说"我走了啊"。

我说"父亲，你漏小便了哟，我来打开窗户吧"，不说

---

1 古希腊语中"我找到了"的意思。传说阿基米德泡澡时，由溢出的水获得灵感，他兴奋地跳起来，赤身裸体奔出门去，欢呼"尤里卡！尤里卡！"。浮力定律由此诞生，"尤里卡时刻"也成了通过神秘灵感获得重大发现的代名词。编者注。

"有尿味了，我去开窗"。

这种区别，就是说给父亲听的一种轻微的敬语。（我发现了！）

我想起来，母亲对父亲说话时，语气很粗杂草率，不过，这种粗杂也分微妙不同的两种：粗杂和更加粗杂。前一种说给父亲听，后一种是说给我听的。

这就是说，我们女人之所以用女语言，是因为想展示自己是"退让一步的女人"，从而抬举逢迎对方，或者想缓解双方关系中的紧张感。所以我对父亲、对母亲、对丈夫、对女儿，现在对早稻田的学生们，都用了女语言。

摘青梅
如母如女

一到夜晚，我一个人了，就寂寞得受不了。每逢这样的夜晚，我只能打开网飞或亚马逊 Prime 看电影。听到人的声音总会好些。

这是小猫教给我的。

我在前面讲过了，我去东京上班时去小猫家蹭住。深夜下班后回到小猫家，房间里总是回荡着电视声，大多是日语配音的外国电视连续剧。小猫把电视剧当背景音，不看画面，只埋头写她的菜谱。

我找她说话，她会马上回答我。有时我们说着话，她嫌电视太吵，会毫不犹豫地关掉，这些举动都证明了她并没有认真看。

小猫长年独居，而我是个独居新人。看着她，我有时感叹原来这样就能对付夜晚的孤独。然后不知不觉间，我也开始这么做了。

不过晚上我当然在工作。我想把电影当作背景音，如果放太有意思的电影，我会走神。如果是字幕版的话，我得看字幕。我的英语听力还不到左耳进右耳出的流畅水准，但也时常有些句子飘入耳中令我分心。日语配音倒是很自然，可是我在用日语写作，不想听其他日语。

这种时候特别合适的电影，对，就是《波希米亚狂想曲》。

这片子主要内容是音乐，情节简单。DVD 上市后我马上买来反复播放，成本早就收回来了。

歌剧也可谓"内容是音乐，情节简单"，很早以前我便在网上买了纽约大都会歌剧院的会员，节目都反复看过听过，成本早就收回来了。

现在是连休日，我想，干脆好好看一部电影算了，就在亚马逊上租赁了以前一直想看的《致命诱惑》（*Fatal Attraction*，1987），最近我给自己举办了一个格伦·克洛斯电影节。

几年前我在飞机上看了《雌雄莫辨》（*Albert Nobbs*，2011），格伦·克洛斯不仅担任了制片人，是主演，还写了剧本，为主题歌写了歌词。我只看了一点儿便被牢牢吸引住，飞行途中反复看了几遍。回到家用电脑也看了几遍。

这个演员太棒了，这女人太了不起了，我发现了新世界，活着太好了。这是我看完电影后的感想。

去年她上演了一部新片《贤妻》。也非常棒。

电影的英文标题是"The Wife"，不是普通妻子，重音在 The 上，强调的是"妻子"身份，有一种妻子挥拳捶桌宣扬自己存在的威猛劲儿。格伦因此拿到了奥斯卡金像奖提名，最后没得奖。她已获几次提名，都落空了。

《致命诱惑》是 1988 年风靡一时的悬疑电影。我忘了当时听谁说过，还是看过报道，电影讲一个女的对男的紧追不舍，非常恐怖。不过直到最近，我才知道这就是格伦·克洛斯演的，里面有参演了《雌雄莫辨》和《贤妻》的格伦三十年前的样子，所以非常想看。

这电影……（叹气）冲击力太大了。

冲击力的大部分，来自"唉，我不小心看见了不好的东西"。

一个三十六岁的女人，对一个已婚男紧追不舍。她的执念过分强烈，独自在家放着歌剧唱片，一下一下按着台灯开关，在明明灭灭里呆坐，眼望虚空。同一时刻，她追的那个男人正和妻子、朋友在保龄球场开怀玩闹。

啊，这电影对我来说，不是悬疑片，不是惊险片，纯粹是一部真人纪录片。

我今年六十三岁，当我还是三十六岁的年轻女人时，尝过同样的地狱滋味。因为尝过那种滋味，所以现在能用这双眼睛平静地观察各种事情。幸亏我在1988年没看这部电影。如果那时看了，现在我不定变成了什么样子。这次看完之后，我茫然若失了一阵子，隔了几天又租赁了一次，仔细看了故事细节，之后又茫然了一阵子。

　　把话题说回《贤妻》吧。

　　我觉得《贤妻》最恐怖的地方，（这电影不是悬疑片，也不惊险）并不是主线里的作家与妻子的关系，而是副线中的父子关系，作家儿子的压抑和痛苦。因为作家是大有作为的父亲，而儿子，是没有作为的儿子。

　　还有一点是我没想到的。

　　电影里扮演格伦年轻时的女演员，竟是格伦的亲生女儿！

　　因为我刚看过格伦三十年前的《致命诱惑》，所以一眼就看出来了，现在的女儿肖似过去的母亲。我觉得，每一个身为表现者的母亲（我就是其中一个），都有拿女儿当作品的欲望，但这欲望非常危险。

　　话虽这么说，我已经这么做了。

　　我写过《杀死鹿乃子》的诗，在随笔和小说里写过女儿们。大家会想，比吕美你都写了那么多，好意思这么说吗？其实还是有区别的。诗、随笔和小说是虚构。我用虚构掩盖了真实关系。但在一个六十多岁的女人主演的电影里，让女儿去演自己的年轻时代，这种行为何处称得上虚构？

不过话说回来，反过来格伦·克洛斯也会和我有同样想法吧：一个以写字为生的人居然把自己的女儿写进文章，实在差劲至极；自己是演员，让女儿在电影里扮演年轻时的自己，有何不可……

我这么想着，忽然发现，我们是一丘之貉嘛！顿时出了一身冷汗。

夏日原野
再也不右拐了

　　我的生活建立在车轮之上。以前从美国回日本时总是租车，现在回来工作了，第一件事就是买车。

　　我还在美国的时候，就在日本的二手车网站上挑好了车，用邮件和电话谈妥了价钱，网络汇款，回国当天拿了住民票[1]办好各种手续，为立刻能开上车做好了准备。

　　这次花八十万日元买了辆二手的k车[2]，大发的Sonica，现在开的就是这辆。去机场，去买菜，去山里，去看兽医，总有克莱默坐在后座上。真是的，没车的话，这日子没法儿过。

　　现在社会上都在说老龄驾驶的安全问题，这和我密切相关，不过我还早，还没到那一步。等以后老了，体力不行了，自然就不驾驶了。现在还不成问题。

　　不过等我以后老了，也许会照旧认为自己没问题。

1　相当于户籍证明。
2　轻自动车，日本法律规定的全长3.4米以下，排气量660毫升以下的微型车。

我目睹了夫渐渐失去驾驶能力的全过程。

夫七十五岁时，换了一辆我大力推荐的自动挡车，他对周围的人说，都是比吕美说好我才买的，实在没办法。等到他真的开上了自动挡车，没过多久就不会开手动挡车了。

夫八十五岁时，小女儿小留上大学，开走了我的车。之后家里只剩下一辆车。最初我想给自己再买一辆，随即意识到完全不用买，因为夫已经不再开车了，无论他去哪里，都得我开车送他去。

不对，还要更早。他做过白内障手术后，便不愿意夜间驾驶了。那时，夫七十六岁。

过去，我和夫两个人轮流驾驶，开七小时长途去看孩子们。夫七十八岁时，不再替换我了。

我们在英国租车（夫是英国人），我独自开了全程。那时，夫七十九岁。

去参加二女儿沙罗子的大学毕业典礼时，沙罗子的男朋友和我们一起，夫想表现一下，坚持要开车，结果超速被抓了违章。那时，夫八十一岁。

去家附近的地方，去药店，看医生，买不重的东西什么的，他还能开开车。不过闯红灯被警察抓到了。那时夫八十四岁。之后他再没开过。却依旧嘴硬，说自己还行。

"我向你保证，等到了我真的无法驾驶的那天，我会老老实实告诉你的。我现在还能开，还没说自己不行……"你们听听，他胡搅蛮缠什么。总之，他每次都能找到借口，让我一个人开车，就这样嘴硬到八十八岁死之前。

他这样子，就是我的未来啊。所以我想了对策。

下次要不要换一辆手动挡车？手动换挡踩油门，车照样能走。而且，若是真的丧失驾驶能力，开手动挡也能醒悟得更早。

下坡时，开到车流拥挤的十字路口时，如果车忽然发动不起来了，那种恐惧就和前一阵子的池袋老人[1]一样，远比开不进自己家停车位可怕。我真心考虑过上交驾照。

不过，如果可能的话，我想用这辆旧Sonica再坚持几年。何况现在很难买到手动挡车。所以我给自己重新制定了驾驶规则。

我以前一直坚持"不右拐"[2]，以后会做得更加彻底。

不右拐，意味着绕远左拐三次，到达目的地。

几十年来我一直这么做，现在慢慢做不到了。因为在熊本生活，有些地方右拐方便得多。可是最近，我在右拐时差

1　2019年4月19日，八十七岁的饭冢幸三驾车经过东京东池袋时，误将油门当刹车，超速闯红灯，导致两人死亡，九人受伤。饭冢被判禁锢五年徒刑。
2　在日本机动车是靠左行驶。

点儿出事。

尤其可怕的是，我本来准备左拐，可是看到对面没有车、我可以右拐时，就会当场决定右拐。那时，我满脑子都是右右右右右，除了右边，其他的一概不看。

过去我是粗心大意，但至少还能看见一点儿周围状况，现在视野真就那么窄，看不见其他。

啊，这就是真正的老化，无可否认。这样的话，我需要认真考虑一下，要不要上交驾照，从此不再开车。可是没车在熊本没办法生活。

于是我给自己又立了一条开车规则。

出发之前先决定要走哪几段路。事先在脑子里认真预演一遍。无论是没走过的路，还是熟路，都要预演。无论去多么近、多么熟悉的地方，都要预演。远方没走过的路更不用说。另外，除了事先决定要走的路之外，其他路无论多么空，也绝不贸然右拐。我要愚直而慎重地走老路。

这种愚直和慎重，与我迄今为止的人生活法截然相反，即便如此，我也要坚持下去。

梅雨淅淅沥沥
酱油味就是母亲之味

前一阵子我去群马县的前桥做了演讲。演讲之前他们请我吃了好吃的午饭。休息室茶几上放着一种叫"鸟饭"的便当，一看就是铁路便当。

我当然喜欢铁路便当，只不过总是坐飞机，没机会吃。我兴奋地问："这是前桥车站的便当吗？"得到的回答是"不是的，是什么什么店出的"。

这个什么什么店，我没有听清。听他们的口气，那家店非常有名，尽人皆知，仿佛是生活常识。就像虎屋的羊羹，卡乐比的虾条。

打开四方食盒，里面是满满当当的米饭，饭上铺着一层切得很薄的鸡胸肉，配着腌萝卜片和咸梅子。吃到嘴里后我惊讶了，米饭是酱油色酱油味，鸡肉也是酱油色酱油味。

我本来不想在演讲之前吃得太多，可是停不住筷子。就像喝水一样，咕咚咕咚，吃下酱油味米饭，夹一筷子酱油味鸡肉，再吃酱油味米饭。为什么会这样？我自己也很意外。

随着鸡肉和米饭里的酱油渗入五脏六腑，我回想起母亲做的炖蔬菜和菜汤。如果让母亲做这种鸡肉饭，肯定和这个一模一样。

我又问了一遍便当名，是"登利平的鸡肉饭"，称得上是滋养了群马县民的灵魂食物。据说总店在前桥。

我在熊本安了家，长年在那里生活，熊本的饮食调味特别甜口。酱油是甜的，甜味噌、甜鳗鱼饭、甜荞麦蘸汁、生鸡蛋米饭专用的浇汁酱油，甜得犹如褐色糖浆。太甜了太甜了，我这么想着，在那里居住，在那里生活，不知不觉间习惯了。

我叫比吕美（Hiromi），母亲发不出 Hi 这个音[1]。她在东京浅草出生，在板桥长大。板桥也是我出生长大的地方。

母亲做的饭大多是酱油炖菜之类的东西。

我得先强调一下，母亲认为自己很会做饭，别人也这么认为。实际上邻居有时给我们送一点儿自己做的饭，虽然我那时还小，比较之下也觉得，母亲做的饭更新式、更有现代气息，但都是酱油色的。其他阿姨做的土气饭菜也是酱油色的。

---

1 老东京口音发不出 Hi 音，总是发成 Shi。

过去，母亲卧床不起住进医院，父亲独居时，护工过年休息，我和沙罗子轮流从加州赶到熊本陪父亲过年。有一年沙罗子想做杂煮[1]，不知道做法，就去医院问了病床上的外婆。"把酱油一股脑儿倒进锅里，一直倒到你觉得够了。"外婆这么教。

　　那时母亲已经很糊涂了，不知道有几分可信。沙罗子笑了。不过熟知母亲滋味的我，觉得母亲说的是实际经验。

　　母亲做的荞麦蘸汁，是酱油和味醂一比一，黑乎乎的。母亲用这个蘸了荞麦，拌了乌冬面。她用的酱油永远是浓口的，她的厨房里从来没有淡口酱油[2]这种东西。

　　青春期结束后，我意识到母亲做的菜并不像她自诩的那么好吃。其实很土气，一点儿也不讲究。

　　料理书上经常能看到各种关西风味菜肴，颜色浅，精致讲究，就算使用同一种食材，也做得大不相同。我那时年轻，有些羞惭自己是吃酱油浓色食物长大的。

　　后来我和关西男人组成家庭，在做饭上用了很多心思，开始用淡口酱油，脱却了酱油的浓褐色。不过这只是临时抱佛脚，和他分手后，我就立刻不用淡口酱油了。

1　糯米糕和各种蔬菜同煮的汤，日本过新年时通常要吃杂煮。
2　浓口酱油类似中国的老抽，颜色深。淡口酱油类似生抽，颜色浅。关东地区多用浓口酱油，关西地区多用淡口酱油。

在加州我用过鱼露，没用淡口酱油。我已经成家的女儿们，家里可能也没有淡口酱油。

啊，我很想忘记，母亲手做的土里土气的很咸的炖菜和菜汤，母亲染满褐色酱油渍的割烹衣[1]。

我从酱油一下子想起很多。母亲那硕大而下垂的乳房里喷涌过酱油色的乳汁。（……不记得了，但我想象得出。）板桥人嘴里的东京北部方言，远比江户话[2]带着更浓重乌黑的口音（我真正的母语）。天空的颜色。刮过的风。板桥窄街小巷里的情景。长在空地上的杂草。过去的我们。

吃着登利平的鸡肉饭，我遥想了这么多。我夸赞鸡肉饭美味，前桥人脸上露出欣喜，仿佛被亲戚夸了。

现在我明白了，不用认为关东的酱油味和浓深的酱油色就一定是过时、土气和小地方气，今后我可以不这么想了。

1　罩衣式围裙，也被看作老派家庭主妇的象征性衣着。

2　江户话指的是以东京（旧称江户）老城区为中心形成的方言。板桥区相对于老城区更偏向东京北部。

将出梅
隔着太平洋谈心长电话

我们坐飞机时，在座位上刚坐好，还没完全放松时，机上会播放一段录像，对吧。讲解飞行安全，也是讲解坐飞机的方法、心得、危机处理方式。其中包含了人生道理，不可小觑。

过去乘务员站在通道上，手拿道具，现身说法。后来改成了放录像。最开始的录像都是乘务员一本正经地讲解，随后各家航空公司开始制作诙谐有意思的短片。记得是新西兰的航空公司做了一部短片深受好评，其他公司竞相追随，制作了吸引乘客去看的个性短片。有的短片太好玩了，甚至让乘客想，这真的是安全录像吗？

最近我觉得全日空的短片很好玩。

一个正牌歌舞伎演员，脸上画着舞台脸谱，扮演成猛男梅王丸，此外还有一个装腔作势的女人，一个江户商贩，一个小孩。短片用歌舞伎形式讲解了"请把行李放到行李舱内或座位下方""禁止吸烟""紧急情况下逃生时请勿拍照"，等等。

飞机降落时，机上还会播放短片的拍摄花絮。看着花絮，乘客的心情自然镇静下来，不着急了，让着急下飞机的人先下。感谢花絮。

这种安全录像我最喜欢的片段，是机舱上方掉下氧气面罩的部分。录像里必定告诉乘客，"自己戴好面具之后，再去帮助他人"。过去我带孩子坐飞机时会认真看这一段，现在也是。

每次看都觉得不对劲。你想啊，身为父母，肯定先给孩子戴好氧气面罩之后，自己才戴。但是这么做是不对的。如果父母无法自保，怎么帮助孩子呢？

父母要先确定自己吸到了氧气，再去帮助孩子，不然两个人都有危险。每次看到这里，我都会这么想。

更有意思的是，无论哪家航空公司，讲解这段时，画面上都有孩子。但讲解用词不是"你的孩子"，而是"他人"。

嗯。看到这里我总想：说白了，孩子就是他人。

我认为这段说明一语中的，点明了亲子关系的关键，说出了父母要活出自我的重要性。

我这人，别看表面上大大咧咧、懒懒散散、马马虎虎，也许大家早就看穿了，其实我是个小心而能忍耐之人。因为这份小心和能忍耐，我才经历了远距离恋爱、远距离婚姻、远距离育儿、远距离看护老人。（我父亲基本上也是小心能忍的人。）

这阵子女儿们经常给我打电话。尤其是大女儿鹿乃子和小女儿小留。她们对我讲了很多人生感悟。

说是打电话，其实就是使用 WhatsApp 的语音功能。

开始我们还打字输入，后来嫌麻烦，用了长按语音功能，一聊就是一两个小时。

"我觉得自己从前为了他人的幸福而活，没有过上自己想要的生活。"小留这么说。

小留四岁时，有次做了什么事，挨了夫的训斥。"你听好了，小留，是你的开心重要，还是朋友的幸福重要？"夫认真地问女儿。我心里想，你这不是诱导式提问吗？跟四岁孩子说这个有用吗？……小留盯着她爸，说"我开心最重要"，一举击沉了她爸。我听后非常感动……

当年的小破孩儿，现在在为这么正经的事烦恼，真让我感慨。

"我想，我要是有了想做的事，就要放手去做，哪怕别人说我自私，说我在自我陶醉。"鹿乃子说。

鹿乃子和小留，都想活出自己的样子吧。我过去也是这样。最初有这种意识时，我三十五岁，正是鹿乃子现在的年龄。我当时没想到过用"自己的样子"来形容，如今再看，没有其他词能概括。

不过我那时候有太多烦恼，钻牛角尖，内心被压垮，得了抑郁症，滥用了抗抑郁药物，离死只差了一步。好几年时间写不出东西，为此更加烦恼。如果当时我状态稍微好一些，家庭的分崩离析也能更平稳些吧。我多吃了很多苦，也让女儿们跟着吃了苦。不过，因为我经历了这些，所以我懂，就像飞机安全录像说的——

"先要自保，再管他人。"

我不希望女儿们也经历那种沉重如山的痛苦滋味，我希望她们保全自我，活出自己的样子。作为母亲，我想对女儿们说的只有一句话：

"我会做你的战友，永远和你站在一起。"

抓毛巾似的
捡了小猫咪

　　别人扔的猫，我捡回来了。不是我想捡，是不得不捡。出生三星期左右的小猫，小小的，弱弱的，四只。

　　别看我现在是与狗共生，年轻时养的可是猫。

　　那是四十年前的事了。唉，到了这个年龄，稍微说点儿过去的事，就要上溯这么久。

　　总之，四十年前，我第一次离婚后，别人给了我一只母猫。这猫一下子就钻进了我虽年轻却已伤痕累累的子宫和内心。与其说是我养猫，不如说是我身体里的激素操纵着我，招来了猫，让猫与我重合在一起。之后我养了好几只，当时每天把猫放出去，有的猫被车轧死了，有的猫没再回来。我一个人养，后来两个人养，再后来，有了孩子后好像也养了。

　　枝元小猫家从十年前开始养了真猫。已经去世的第一代猫不喜欢我，总向我龇牙威吓。现在这只，只要我一去就过来蹭蹭，可能因为我总去那里，它拿我当家人了。

鹿乃子也养着猫。她二十五岁前后说想生孩子。我特别懂她这种心情。结果她养起了两只小奶猫。我忍不住想，鹿乃子的激素招来小猫钻进了她的子宫。

再说我现在。久久不见出梅的天空终于放了一点儿晴，我带着克莱默出去散步，看见河滩小路上，这边一只那边一只，掉着好些小猫。

幸好那天友人S也在。对克莱默来说，猫即"需要全力追逐的生物"。克莱默仿佛恨不得立即追过去，一口一个吃掉。我用尽全身力气压住跃跃欲试的它，S趁机捡起了四只小猫崽。

是出生不过三星期左右的奶猫，我以为是河滩野猫生的，可是为什么出现在毫无遮掩的路上？小猫明显很习惯与人相处，应该是被丢弃到这里的，只有把它们捡回家了。

我抱着猫，克莱默围着我团团转，探着身子想看我怀里的东西，甚至跳着高，呼呼喷着粗气，流着口涎，仿佛在说："妈！这什么呀！这是什么？让我看看。如果可以，让我啊呜咬一大口。好不好？妈！"我只好止住脚步，半跪到地上，给克莱默好好看了小猫，充满感情地告诉它："你看，这是小猫咪。你不能吃，也不可以咬哦。你还是你，我依旧爱你呀。"

一半是用英语讲的。我经常在克莱默耳边轻声低语"I

love you"，效果非常好，克莱默听进去了。

那天，有养猫经验的S把猫崽们带回家，照顾了一夜。我则四处给朋友狂打电话。最后从爱猫圈得知，友人B不久前说过想要养猫。我给B打电话，他回答："就要一只好了。我妻子是全职主妇，可以暂时帮忙照看一下其余三只。"第二天我从友人S家领回小猫，让兽医检查身体后，送到了B家。

没想到B是新婚未久，夫妇都是年过五旬初婚。小猫崽会给他们的生活带来什么影响？我这么想着，他们两人把小猫照顾得特别好，每天给我发照片，小猫崽们在照片上一天一个样。

捡到它们时，它们弱小又脏污，缩成小小一团儿，有的能睡，有的爱叫。爱叫是因为小猫心里害怕吧？它们面对的现实如此严峻。送到B家后的第四日，照片上的猫崽已经伸展了四肢，露出了软肚皮，变成了有主人可依赖的家猫，带着一脸安心放松的表情熟睡着。

四只当中，有一只兽医说它太虚弱，要多当心。

B传来的视频上，这只小猫一歪一扭地爬上B妻膝头，抬头看着妈妈，张开小嘴巴，喵呜喵呜地找妈妈说话。

最终，这只最虚弱的小猫和另外一只留在了B家。

猫真可爱啊，无话可说就是可爱。怎么都看不够。我只是捡到它们，送它们看了兽医而已，却爱得不得了。

说不定，小猫咪拥有的可爱，水准远超其他生物。这种可爱很暴力，充满魔性。与其相比，狗的可爱显得懂事儿，循规蹈矩。看完小猫，再看克莱默，就觉得克莱默像个中年男人，真正是儿歌里唱的"狗警察叔叔"。

我很想养猫，想写养猫的随笔。但我现在的生活养不了猫。流浪卖艺似的旅行，克莱默，大学里的学生，已经把我的时间都占去了。

炎天之下
我有垂乳的自由

　　有人说我"留着灰发"，我哼哈两声，没有明确回答。因为这不是事实。真正留着一头黑白相间灰发的人，有坦然舒展的心情，看得开，不焦虑，想恰然自得地老去。我没有这种心境，顶多是因为没打理，所以没染黑发而已。

　　在同龄人里，我的头发算比较黑的。不过终归到了这个年纪，发际线和鬓边白得厉害。最初白发变得明显时，我染过。那时母亲神志已经不太清，她看到后说："哎呀，不像你了。"我经常穿肥大如裙的裤子（好像叫裙裤），父亲看见后说："我不喜欢你这打扮，还是以前穿牛仔裤好看。"

　　在那之后我没再染发，只穿牛仔裤。到了我这把年纪，父母说什么，我就听什么，可乖了。

　　没染发还有一个理由，就是我烫发。现在的发型留了二十年，习惯了，想就这么留下去，一直到不能烫发的那一天为止，所以我定期去美发室。但是烫和染不能同时进行，让我想起从前送女儿去打疫苗，那么多种疫苗不能同时打，得隔开多少时间……为了挤出两个月烫一次发的时间，我已经费尽心思，哪有时间去染。所以"灰发"是没顾得上管的结果，也是我在美发室镜子前自我打量后做出的早期决定。

妆还是要化的，脸上会抹点东西，眼睛周围也涂一涂。不过去早稻田教书后，又觉得给学生们看这个做什么呢，就开始"偷工减料"，现在几乎是素颜出门。

女学生们都化妆。很多孩子觉得不化妆就不能见人。我想告诉她们：没这回事！想怎么见人就怎么见人。

我戴胸罩。

大家不要觉得这个理所当然。年轻时我不戴。也许时代空气便是如此。我想过乳头会不会激凸，不过再一想，有谁注意这个呢？心一横就不戴了。

四十多岁的时候，小猫送我一件胸罩，让我戴上。我听话试了，特别舒服。我俩的尺寸其实根本不一样，我戴时罩杯里一定很空，但就是舒服。我想，小猫送给我的不单是一件胸衣，更是她身上的力量。我穿着胸衣，气宇轩昂地走在东京大街上，就像胸前挂了狼獠牙，头上插了白鹰羽。

在那之后，我去百货店买过几次小猫那种高级胸罩，戴上后松垂的双乳立即聚拢，形成了高高的隆起。那会儿我还穿着裙裤，打扮得有点儿女人味儿，所以乳沟和高耸的胸不仅不碍事，还挺好玩的。

再后来我跳尊巴了，离不开运动胸罩。

运动胸罩里没海绵垫，不突出胸围，我能做真实的自己。上半身紧束后，我有了"接下来该跳舞了"的坚定意志，有了要活下去的决心。感觉就像束紧了兜裆布。离开加州前我买了很多囤着，现在也在穿。

所以一年春秋冬三季有运动胸罩就行。今年夏天我被暑热干倒了。穿脱运动胸罩时，它会黏在身上，本来就大汗淋漓，穿脱之间更出了一身汗。胸罩、乳房、女人身份，都是恶毒的咒语。

我在早稻田教一门"文学与男女社会性别"的课。第一学期里，我和学生们谈了 MeToo 的话题。之后谈了 KuToo[1] 的话题。学生们认真发表了意见，有个女生给我发来她的脚被高跟鞋磨出水泡的照片，我在三百人的大教室里用大屏幕放给大家看了。那阵子我想，趁这个机会，干脆再来一场 BraToo 吧。

这么想着，有一天我便试着不戴胸罩去了学校。

1　一些日本企业规定女性员工上班时必须穿高跟鞋。随着 MeToo 运动的兴起，日本女性站出来发起了抗议企业强迫女性职员穿高跟鞋的 KuToo 运动。此处的 ku 结合了日语"鞋子"（kutsu）和"痛苦"（kutsuu）的读音。

这个夏天我迷上了白色亚麻衬衫。只戴胸罩的话有点儿透，不好看。所以在胸罩外加了一件吊带背心。我就想，只穿吊带也能遮住乳头和乳房下垂，能少一些暑热，于是就这么坐着地铁去学校教了课。没人注意，没人对我说"老师你今天上身真空"，我这个年纪的女人，就算有人注意到了也不会说。

我应该在性别课堂上大声宣告才对。不过课堂上男生也很多，我难免有性骚扰和权力骚扰之嫌。我害怕，就没宣告。要是做了就好了，现在有些后悔。还用说吗？不戴胸罩，坦然做自己，是有乳房之人的天生权利。所以我想把 #BraToo 进行下去，今生不再戴胸罩。不知这条路能不能顺利走下去。

秋茄子
内侧也隐秘蕴藏着热

和人一起过日子，就有这种事：马桶盖，盖还是不盖。

这是前一段时间我和阿川佐和子女士说到的话题（请参见《妇人公论》2019 年 6 月 11 日刊）。阿川女士和丈夫的新婚生活出现了盖不盖马桶盖的分歧。他们两个，一个会盖上，一个就不管。

听到这个，我忽然想起自己在小猫家蹭住，小猫会盖，我任其敞开着。

在我的观念里，敞开着是"常态"，盖上是"特意盖上的状态"。死去的夫不仅不盖，用完后连马桶圈都不放下来。我们一起生活了二十几年，他始终是这样子。

夫不在了，马桶圈放下来了，盖依旧敞着。如果哪个男访客用完之后没放下马桶圈，我会稍微烦躁一下，感觉有人不脱鞋就进了我家。

仔细观察一下，小猫家的马桶盖总是盖上的。我想，这是她的常态啊，常态这东西因人而异。我和小猫相识四十年，现在才察觉到这种差异。

我现在会认真地把小猫家的马桶盖放下来。在熊本的自己家，在早稻田校内，都会这么做。

比马桶盖更大的问题，是夏天的空调。

刚入夏时，大家还不习惯暑热，会根据自己的体感气温使用空调，有时候开，有时候不开。

小猫的体感温度比我的低很多。她更不容易出汗，更耐受湿度。我觉得房间热如蒸汽桑拿，小猫顶多嘟囔一句"好热啊"，照旧能平心静气地写她的菜谱。

而我的身体在更年期潮热的最高峰上没有降下来，极其怕热。另外我在加州生活了二十几年，早已习惯晴热而干旱的气候，比如日本的五六月，其他人觉得温度、湿度很正常，我已感觉如在水里游泳。到了盛夏，没有空调我活不下去……我不环保，实在抱歉。

就连小猫也受不了七八月盛夏，客厅空调一直开着。而我要在客厅沙发上睡觉，为了我，空调在晚上也不关。（小猫在她的卧室睡。）

有天晚上，我热得睡不着，一看空调遥控器，室温设定二十八度。小猫为了我能安眠，设定了她的最合适温度。岂知二十八度对我来说是热刑温度。

那阵子小猫家里充满了关东煮味儿。因为她冬天要出版一本关东煮的菜谱。所以外面是恨不得要砸开人脑袋的无情酷暑，而小猫家里，却是让人从每个细胞都感觉暖烘烘的关东煮味儿。

白天，小猫大开空调，汗水淋漓地做着关东煮。晚上，剩下的关东煮（为我）放进冰箱，在调高的空调温度下写她的菜谱。我以为之所以感觉这么热，是因为我的体质和性格，是我自身的问题，加上对主人的尊敬和客气，我想让小猫把设定温度降下来，但没说出口。

没多久，卧室的空调坏了。小猫一边嘟囔"空调坏了啊"，照样睡在卧室里。

我说"你来客厅一起睡吧"，她说"没关系，睡前冲个澡就凉快了"，照样睡卧室。

深夜我去卫生间（用完盖盖），偷眼看了一下卧室的情况。人猫和真猫，三只都正在床上痛苦辗转，忍受热刑。可是到了早晨，她会说"就还好啦"。我表示"都说老年人晚上睡觉时也容易中暑"，她当然不听我的。

一个异常炎热的晚上，小猫终于受不了了，在有空调的客厅，往地板上铺了被褥睡了，天快亮时，又回了卧室。

到了早晨她一脸认真地说："空调太冷了，冻得我皮肤生疼。"我没说出口，只在心里暗想，人啊，就是这么一点儿一点儿走向高龄的。

　　人与人无法共有同一种体感温度。过去在我家也是。

　　夫还活着的时候，我们没为马桶盖吵过架，但为关窗、暖气等鸡毛蒜皮的事吵过。当时要是多让着他一点儿就好了，我现在有点后悔。那时，我根本无法体会他的体感温度，一旦不如我意，我就感觉自己被强迫、被欺负了，于是开始吵架。现在和小猫就不是这样，我总是在细致观察体谅，完全发展不到吵架的份儿上。这就是女友关系的妙处。

时冷时热
狗的男人脾气

克莱默有种莫名其妙的脾气。

在外面和在家里，是两种人格（狗格）。

在外面对我可好了，亲亲热热，喜欢让我抱抱、摸摸，喜欢让我用毛巾擦毛，还不停地找我玩。总之，我对它说"I love you"，它也会热烈地回馈"I love you"。

在家，它不理我。

这可能是因为我在家时，总是背对着它，一副拼死拼活干自己活儿的样子，所以克莱默以为，放手不去理我就是最好的。这让我很寂寞。

睡觉时最寂寞。

我跟它说，好了我们睡觉吧。刚才还在我床上打盹儿的克莱默一听这话，就麻利地去别的房间睡了。

别的房间就是从前的起居室。去年我回到日本时，买了差不多五十盆观叶植物放在那里。

花盆与花盆的阴影里，有一个狗窝。以前的狗用过的窝，垫子早已被压瘪，薄得跟煎饼似的。克莱默就睡在上面。

明明我床边就有它的床，上面铺着蓬松的新褥子，可它就是不过来。

早晨醒来，发现它在我床边躺着，我刚想伸手抚摩，那一刻房间里仿佛响起了植木等[1]高亢的声音："停下！到此为止！"克莱默态度坚决地走出了我的房间。不过，我去起居室，它也跟过去；我去工作间，它就跟到工作间。它随时紧跟着我，然后在离我稍远的地方睡觉。

暑假时，几个学生来我家。三个人来了。一个人来了。之后两个人来了。

我的车是一辆能坐四个人的 k 车，就这么塞进去克莱默和大个子学生三人，去了很多地方。后排座位原本是克莱默的地盘，它友好地和学生们分享了。如果 Y 君先上车，克莱默就像排了队似的，跟随着上车，在 Y 君身边坐好，还坐得很紧贴，给之后的 K 君空出位置。

为了不打扰在起居室过夜的学生们，我把克莱默关进我的房间。它乖乖在我身边睡到天明，让我忍不住想："看来只要你想做，还是能做到的嘛。"

---

1 日本喜剧艺人。"停下！到此为止！"是他常用的喜剧梗。

哪知学生一走，克莱默便又回到起居室的老位置睡觉了，而且早晨也不来找我了。这在以前可没发生过。

　　我早晨醒来，脚下是一个冰凉的显然没被睡过的狗床。那一刻，我感觉自己好像《蜻蛉日记》[1]的作者。

　　年轻时，我体会过很多次这样的寂寥。没想到如今在一只狗身上又尝到了同等滋味……

　　不过，我早已不是过去的我。我冷静地想出一计。

　　我抛开自己的床，在起居室克莱默身边铺了被褥，以为这样就可以拉手，可以抚摩了。可是克莱默这家伙！"噌"一下站起来，走到稍远的地板上躺下，就差直接说"你烦不烦"了。

　　我真的不再是过去的我。我经历了那么多伤心和挫折，走到了现在。

　　我怎么可能为一只狗而乱心呢？这狗看上去小心谨慎，实际上它什么也没想，做事全凭着一股子动物的本能啊。

　　如果是男人这样对待我，我的心可能会伤心凌乱成万千碎片，会生出强烈的执念，同时男人也会变得不好对付。但现在是只狗，不是男人。"也许狗这么做，只是出于野性？"我这么想着，就会心情平静，觉得它幸好是只狗。

1　著于十世纪，作者是藤原道纲母，日记记录了她与藤原兼家的婚姻生活。

别看克莱默在家阴晴不定，但在外面对我亲亲热热、黏黏糊糊，一会儿把头钻到我胯下，一会儿使劲儿蹭我，轻轻撞我，活似一个把"I love you"挂在嘴边上的男人。

那个日暮
无边无际的醉醉醉蝶花

　　我喜欢植物，家里现在有七十盆观叶植物。

　　加州家里最多的时候，有近二百盆，像开了园艺商店。后来我开始越洋往返照顾父母，植物数量随之减少。照看夫，植物数量也减少。再后来我离开加州来日本教书，有时会在心里念叨，不知我那些植物怎么样了。

　　我喜欢家里的观叶植物，也喜欢种在地上的花草，喜欢带狗散步时看到的野草。我喜欢当地的自生种类，也喜欢别人都嫌弃的外来入侵物种。我疼爱克莱默，不过比起克莱默，我在植物的姿态上更能看到自己。

　　昭和三十年代[1]，我在东京的平民小巷里长大。到了夏天的傍晚，那里到处盛开着粉红色的油菜花。

　　后来长大了些，知道了那叫醉蝶花，山柑科，白花菜属，算油菜花的亲戚。对我来说，摇曳在夕阳斜光中的醉蝶花就

1　指二十世纪五十年代后半到六十年代前半。

是昭和夏天的风景。

我小时候醉蝶花无处不在，到处盛开，别人家院子里，我家院子里，小巷对面，公园里。

在过去的东京，平民窄巷里到处能看见盛开在扁平塑料货箱里的花草，现在也一样。货箱从住户门前溢出来，一直堆到路上。小时候我觉得这样子太寒酸，非常不喜欢。长大后喜欢上了园艺，觉出这场景可亲，因为那是喜欢花草的前辈们的心意，他们恨不得在所有地方都种上花草。

在这种货箱里，也有几十株醉蝶花聚成花丛，粉红小花摇曳在黄昏残照里。

这么多年过去，昭和年代[1]结束了，平成年代[2]结束了，现在哪里都看不到醉蝶花。去年，时隔很久，我花一整个夏天好好享受了日本夏天的滋味，非常思念醉蝶花。今年春天我到处找，园艺商店里既没有花株，也没有种子。

今年八月中旬有了转机。暴雨倾盆的一天，我去家附近的家居建材商店，想给新买的大盆龟背竹配一个盛水托盘。

嘻嘻嘻，光是龟背竹，我就能单独写一篇（虽然这次不写）。

1　日本年号，指 1926 年 12 月—1989 年 1 月。

2　日本年号，指 1989 年 1 月—2019 年 4 月，之后是令和年代。

这边有一家名叫 Handsman 的大型家居建材商店。离我家很远，我很少去。一旦决定要去，口袋里只装一万日元，自我克制只能买这么多钱的植物，绝不超额。上次我去逛时，竟然看到一株比我还高的龟背竹，十号盆，售价七千五百日元，运费五百日元。我不顾一切冲上去买了，第二天就要送到了，才发现家里没有合适的盛水托盘。十号盆太大，我一个人搬不动，克莱默又不顶用。我必须在龟背竹送到之前预备好托盘。所以在暴雨之夜，去了家附近的另一个家居建材店。

临近关门时间的家居建材店总是空空荡荡，暴雨之夜的家居建材店寂寥无比。寂寥商店里，一个浑身淋湿的孤身初老女人就更别提了。园艺角落，凄风苦雨。

但就在那里，我找到了念念不忘的醉蝶花。

只有两株，混在长春花和太阳花里，凄凄然被雨水冲打着。很弱小的两株，简直像刚冒出来的小苗，好在上面结着花蕾。先买下再说。我把两株醉蝶花种到了小院子里。

结果非常寂寥。我没养好，花没有开。现在入秋了，小苗虽然还活着，不过慢慢泛上了枯色……

我不死心。今年我没有认真找。到了明年四五月，我一定每天都去这家商店守着，准能等到新株。我当然要买下，种在自家小院子里。

植物这种东西，一株枯萎了另一株接力而上，死而不灭，生生不息，可以随意拔去，可以任其萎去。

我家是公寓楼的一层，有一个猫咪脑门儿那么大的院子。我喜欢杂草，所以没有除草，看上去野草荒茫。若是为了醉蝶花，我可以放弃别的。我要拔掉鱼腥草、紫茉莉（在我家是杂草），拔去变色牵牛花、艾草、马鞭草（九州常见的外来植物），拔去乌蔹梅，让我手植的百合花和天竺葵挤一挤，空出位置种上醉蝶花，慢慢把它养大，几年之后，我的院子里将是无边无际的醉蝶花，无边无际的醉蝶花，无边无际的醉蝶花……

大家知道那首诗吗？——山村暮鸟的《风景》。

他在诗里，把"无边无际的油菜花"重复了七遍，之后轻语了"昼空一弦病月"，再用一句"无边无际的油菜花"结尾。祈祷词般的一首诗。

到了明年，我家院子里将会是，无边无际的醉蝶花，无边无际的醉蝶花，无边无际的醉蝶花，无边无际的醉蝶花，无边无际的醉蝶花，无边无际的醉蝶花。

我将祈祷什么。

无边无际的醉蝶花。

夜寒
女儿来了女儿走了

不得了了！上周，某夜十点多，我从早稻田回到熊本家里，正用钥匙开锁，门从里面打开，走出一个迎接我的人。

说是这么说，其实这人就是 D，二女儿沙罗子的伴侣。

门从里面打开，一张脸探出来时，我差点被吓死。屋里传来沙罗子的声音，几乎还是她十岁时住在这里的嗓音："妈妈回来了？"那一刹那我晕眩了：我在哪里？我是谁？

我有个毛病，一个人干活时，如果谁来了，或者谁进来了，出现在我面前，就算我心里知道，也会吓得打跌。长期以来，我在熊本公寓里独自生活，已经忘记这种打跌感。

在加州的时候，沙罗子和 D 住在我家的二层，与其说是一家人，其实更像分租房客。总之家里总有他们在，他们会找我说话，或者我找他们说话，互相帮忙做事，有时互邀一起吃饭。

我当然知道他们要来熊本。那天下午我本应该更早回来的。熊本对沙罗子来说，是从小长大的城市，有从小长大的家，应该一切都很熟悉。她确实熟悉。她带着 D 过来，找到藏在外面的钥匙，顺顺当当地进了家。

这几个星期我一直在想，沙罗子要回来了，沙罗子要回来了，为此做了各种准备。早稻田的课结束后，原本学生们要来我的研究室交谈到晚上。那天我说要马上回熊本，没管学生就冲到羽田机场，坐上最后一班飞机，念叨着沙罗子要回来了沙罗子要回来了，一路飞回熊本，在机场附近取了车，狂飙回了家。

熊本机场在熊本最东边，离阿苏很近，距离熊本市北边的我家非常远。我得在车河里穿梭，横穿拥挤的市中心。

在车河里，我一直在想：两人已经到了家了吧？进门时闻到的狗味儿不太重吧？去哪里吃过晚饭了吧？家附近的超市已经关门，我去便利店买了自己的晚饭关东煮，比一人份更多些，要了沙罗子喜欢的萝卜和鱼肉山芋糕，想着 D 能吃关东煮吗？鱼糕裹蛋应该没问题吧？就这么念叨来，念叨去。总之知道他们已经回来了。

D 从门里探出脸时，我还是吓得差点儿昏倒。

下一瞬间，说老实话，我打心眼儿里高兴呀，就像此世繁华至极的盂兰盆节、新年、圣诞节来了，我有了恋人、和他幽会、与他缠绵一样，就那么欢喜。

想一想，上一次我和沙罗子同时在这里，还是遥远的往昔，那会儿沙罗子还是高中生。

那时为了照看父亲，我在加州和熊本之间往返，疲惫至极，新年时护工放假，父亲身边必须有人，沙罗子主动代替我回来过几次。那时我在加州忙着筹备新年，特别感激沙罗子的体贴。但是父亲衰老了，对什么事都不感兴趣了，沙罗子的新年一定过得非常寂寞。

既然来客人了，我便带着他们去了阿苏。D第一次来日本，我们带着狗，住了宠物也能入住的温泉旅馆。

受地震影响，从阿苏到大分的道路还没有恢复开通，我们沿着阿苏火山口外沿道路行进，从外侧远望了阿苏全景，去了阿苏东北边缘的池山水源，穿过广袤高地，开进阿苏山谷，横穿谷间盆地，攀上阿苏山的正中央，俯瞰了草千里和火山口，在阿苏谷到高千穗路上，看到了那棵充满神性的古杉树，然后回了熊本。

此外还做了很多有意思的事。我们去附近的河滩散步，去附近的山里散步。两条都是我和克莱默常走的路。去了客美多咖啡店，去了摩斯汉堡，去了小留力荐的美仕唐纳滋，吃了甜甜圈。D不愧是美国人，要了数量惊人的甜甜圈，而且吃光了。我们还去了熊本市内的小馆子，喝了本地酿的酒，吃了天草打来的鱼。太欢喜了，打心眼儿里欢喜。但太短了。

沙罗子和 D 回了加州。剩我一个人。不对，我和克莱默两个。

过去，我回来照看父亲，临回加州时，我对父亲说："马上还会回来的。"现在我懂了，我走之后，父亲大概就和现在的我一样，独自看着电视打发时间。

"下次你再来时，不要提前这么久就告诉我什么时候回来，到了前一天再突然告诉我吧。"有一次，父亲这么说。

"不然的话，我知道你哪天回来，就会一直等啊等啊。等的感觉，长得受不了。"

父亲当年的心情，我现在懂了。

一直很累一直咳嗽
一直活着

　　"啊太累了，实在太累了。"

　　这是石垣凛《那一夜》诗中的一句。石垣凛从十四岁起一直到五十五岁（当时的退休年龄），在银行工作了一辈子，没有结婚，用工资供养了家人。她一定经历了很多难过的夜晚，让她忍不住说出"啊太累了，实在太累了"。

　　几年前，我为岩波文库编辑《石垣凛诗集》时，誊写阅读了这位前辈的所有诗，途中遇见了这句。这一首不算有名，这一句谁都能写，但一想到是那位石垣凛写出的，便深深体会出了句中滋味。

　　"啊太累了，实在太累了"，也是我每天的心声。

　　一周七天，四天在早稻田，剩下三天要写稿，应对不同的截稿日，其间学生不间断地发来诗和小说的作业。我完全没有时间正视自己，做自己的工作。如果再加上临时活动，有客来访，更是一点儿时间都挤不出。秋天时活动格外多，有几个演讲我实在推不了，加上沙罗子来了。高兴归高兴，不得不付出的东西也很多。我好像被石垣凛附了体，活得"啊太累了，实在太累了"。

十一月末，因为工作我去马来西亚和澳大利亚，回程又去了马来西亚。诗人就是这样，有时会接到外国邀请。一般来说，到了国外总要和异国人士交流，或者观光游览一番，这次我始终憋在酒店里干活。

布里斯班附近有好玩的博物馆，有树袋熊园，乔治市（马来西亚）有种迷人的陈旧感，城中心有一座清真寺，女人们戴着喜佳伯头巾，那里还在举办街头小吃节。马来西亚饮食和亚洲其他地方既相似又不同，酸酸辣辣，油汪汪的，直指美食本质要点，确实很美味……我顾不上这些诱惑，只憋在酒店里，面对的不是树袋熊，也不是异国文化，而是自己和自己写的文章。我自己也想：万里迢迢好不容易来了，我这是在做什么？

布里斯班的最后一天，在去机场的计程车里我感觉嗓子不舒服。到达吉隆坡时已彻底感冒，不过照常和别人吃了饭，参加了活动。登上回日本的飞机时，感冒越发严重，我睡了一路，第二天清晨到了东京。

那天早晨，我要去银座办事。因为旅途中笔记本电脑坏了，我预约了银座的苹果门店。下飞机后直接去了银座，离预约时间还差不到一个小时，想先坐下来等一等。

没想到苹果门店的态度特别冷淡。我手里有一个三明治，就向店员求助，能不能给我一个袋子把吃剩的半个三明治装进去。对方听到后，以非常不耐烦的嫌弃表情，给了我一个纸袋。

在日本，我还是第一次被如此蔑视、如此冷淡地对待（在国外经常遭遇）。坐在椅子上，我喝着咖啡，心里想：为什么呢？是我说错话了吗？不过偶然间我打量了一下自己，发现胸口上到处是飞机上咖啡泼洒留下的污渍，头发蓬乱，没化妆，手里拎着两个装满东西的布袋子（行李箱直接从成田机场快递托运了）。还有我这咳嗽。

出国时，日本正是深秋好天气，回来时已入冬，那天下着雨，早晨的银座大街上，人们都穿着挺括的冬日大衣，打着伞。我穿着秋天外套，里面套着毛衣和帽衫，浑身湿淋淋的。也就是说，店员以为我是无家可归者。没想到自己邋遢成这样，我很伤心，同时明白了无家可归者每天都要遭受这些，也为这个伤心。

第二天，高桥源一郎[1]要来我的课堂，所以我不能停课

1　作家，文艺评论家。

休息。课一开始，我的状态糟得不能再糟，全身无力，昏昏沉沉，高桥先生见我坐在椅子上茫然发呆，就说："躺下吧，没关系的。"我就那么在教室的地板上躺倒睡过去了。那天学生们得知高桥先生要来，纷纷来听课，教室里椅子都不够坐了。而我躺在教室地板上昏睡着。高桥先生不时问我："比吕美，不要紧吧？"学生们异口同声："不要紧，不要紧，伊藤老师总躺在那儿睡觉。"他们着迷地催促高桥先生继续讲课。

小时候我是特应性过敏体质，一感冒就会引发特应性咳嗽，久久难愈。咳嗽很消耗体力，光咳嗽就累得不行，腹肌跟着酸痛难耐（腹部赘肉再多也照样酸痛）。一般来说，小孩的特应性症状长大以后会减轻，我却越来越重了。

因为是特应性过敏咳嗽，所以止咳药没效果。去看医生的话，能拿到激素类处方药。就算是激素药，也不是立刻见效。这种时候就感觉喉糖异常美味。一天三分之一的热量几乎是靠吃喉糖摄取的。

咳嗽还没停。咳到痊愈时才会停。啊太累了，实在太累了。这场病简直就是缩写的"活着"，中心思想就是"一直到死，都得活着"。

春天来了
带来喜悦之事

　　LINE 太好玩了。

　　最开始是学生们拉着我用的。我把手机递给一个学生，请学生帮我设定了 ID 和密码。个人隐私？信息安全？算了吧，顾不上了。设定之后一直没用，也不想用。还专门用 LINE 提醒了只用 LINE 的人："我不用 LINE，有事请发邮件。"后来我才意识到一个重大事实：学生很少用邮件。

　　那怎么办呢？学生之间都用 LINE 联系，所以如果我有重要的事，殷切地给学生发去邮件，几乎都没有回音。

　　没办法，如果我想联系 A，就给 A 的朋友 B 发邮件，"麻烦你提醒 A 看邮件"，B 也没回音的话，再找 C，费尽力气才联系上 A。

　　类似的事情发生过多次。

　　慢慢地我才察觉，与其这么费事，直接用 LINE 联系学生不就好了嘛。

我和女儿们隔着太平洋联系，用的是 WhatsApp，其实和 LINE 异曲同工。

女儿们也压根儿不看邮件，我得专门发一条 WhatsApp 告诉她们"刚发了一封邮件"。

没办法，我对学生用起了 LINE。

这样一来，我发现有个朋友已把 LINE 用得滚瓜烂熟，她就是平松洋子。

有一次，平松女士给我发了一个"寿司酱"的表情。我超喜欢寿司酱，还买过手办的！我跟着平松女士买了寿司酱的表情包，用了之后很受学生欢迎。平松女士又发了一套我没有的寿司酱表情包，我跟着买了。我们互相取笑着"嘿嘿，有一学一"，她又给我发了一个会动的。我又跟着买了……一来二去，我感觉自己这样子就像昭和三十年代，隔壁买了吸尘器哦，我家也要买；隔壁买了彩电哦，我家也不能落后。闻到了那种兴冲冲地模仿追赶的时代气息。不过 LINE 表情包一套才一百二十日元，买了也不肉痛。

平松女士给我发了一个动物表情。我正准备跟着买时，突然发现作者就是给本书画插画的石黑亚矢子女士。

我想要克莱默那样的狗图案，可惜没有，只有猫的，迅速买下。

我平时和枝元小猫联系，大多是"我现在就回去""今晚有关东煮"之类的老夫老妻式发言。为了显摆我的表情包，专门给小猫发去一条"请看表情包"的消息，干了绕远费事的事。

　　我是职业写文章的。小时候每逢佳节，总是借用贺卡上的现成贺词"祝你生日快乐""母亲节快乐""谨贺新年"等应付，觉得很没意思。

　　我现在觉得，要用自己的手写出自己的话，体现自己的真心。

　　我也不喜欢熨斗[1]，要送礼时，会借用商店的毛笔，自己写上"恭祝安康""敬表谢意""深表哀思"，等等。就算写得不好看，也是我自己的字，体现了我高兴、担心和悲伤的心情。

　　现在我迷上了表情包。表情包就是当代的贺卡和熨斗，只要发一个，就能表现心情。

　　我懂这种感觉，这让我想起了尊巴。

　　跳尊巴时我经常在想的，是怎么扭胯锻炼骨盆肌肉，一起跳舞的都是女的真开心，等等。除此之外，还想过，啊，大家的动作真是规整划一。

1　日本送礼时贴在礼盒上的礼签，上面一般有现成的毛笔字体贺词。

从过去到现在，我一直想用自己的方式表达自我。拿芭蕾舞打比方（我没跳过芭蕾），如果我当不了首席舞者，那么做个性配角就好，绝对不想专心致志地在群舞里和别人跳同一个舞姿。可是跳尊巴的时候，我多次想过，跳尊巴就是和别人跳同一个舞姿，听老师的话，唯唯诺诺，马首是瞻，可就是特别开心，究竟为什么呢？

稍微跳错了舞步，我会在心里害个羞，吐舌头卖个萌，留神接下来不要跳错。大家明白我说的这种感觉吗？这种跟随别人做着同样事情的感觉。

表情包就是这种感觉。

年纪大了，他人的存在已经渗入我的骨子里。"不独自跳舞了，要和他人步调一致"，一起跳尊巴，一起玩 LINE 表情包，我已经能享受"步调一致"的乐趣了。这样下去，总有一天，我会在托老所里和其他老人一起唱儿歌，跟着儿歌比画同样的手势吧……（用芭蕾漫画女主角的口气说。）

我正这么想着呢，没想到石黑女士为我做了一套克莱默的表情包。请大家看本书的封面[1]，超级棒！

1　此处指日本原版封面。编者注。

给水芹荠菜
也打个分

现在，我在给学生判定成绩。

如果每次上完课后做一下记录就好了，遗憾的是我没这个能力。所以一个学期的课程结束后，才返回去看从前的作业和旷课记录，像用农机深耕似的给学生们判定成绩。麻烦程度与报税不相上下。

如果给每个学生都评一个 AA 或者 A，当然很省事，我很不愿意给谁 F（不及格），所以最开始，打算给所有学生都评 A，可惜不能这么做，如果做了，"这老师的学分很好拿"的名声立刻会在学生中传开，无意上我的课的学生会来骗学分。

我的课很受欢迎的。（因为有趣啊……得意！）这学期有三百七十人，教室太大我看不清坐在后面的人，每次上课都很费力。为了减少下学期的报课人数，这学期我绝不能留下"学分好拿"的名声。

学校老师每次上课会发给学生一种叫 Comment Sheet 或者 Reaction Paper 的意见反馈单，大概是一张 B6 纸，学生要填写姓名、学籍号和上课感想。老师用反馈单判断谁旷了课。我在"文学与男女社会性别"课上，会让学生写下自己的烦恼和感想等，下一次上课时，我当众读给大家听，学生们听到后，继续写下各种意见和新烦恼。再下一次上课时，我再朗读，如此反复，通过讨论，推动三百七十人的大课的进程。他人的烦恼会变成我的烦恼。

多有意思啊，对不对？但是对只想拿到学分，对女性主义毫无兴趣的人来说，也许是一门很无聊的课。

我很认真阅读反馈单，尽力记住学生的名字（如果可能，还想记住脸）。过去我当中学老师时，曾努力在第一天第一节课上就记住全班同学的名字，有些人我现在依旧记得。

现在我老了，三百七十人很难记全。当然一部分还是记得的。我记住的都是认真听课的学生，他们不成问题，给他们一人一个 AA 我也愿意。问题是对这门课不那么热心的、经常旷课、不做作业的孩子。这部分人的名字我记不住。如果他们全程旷课，我会毫不犹豫给一个 F，但他们有时候来，有时候不来，作业半交半不交，就让我很为难。

最初，我相信人性本善，认为他们都是好孩子，连续旷课不交作业，也许事出有因。尤其是大四生，若是学分不够，毕不了业可就麻烦了。这么一想，我下不了给 F 的决心，而是特意联系他们，细问每个人为什么没交作业，为什么旷课，然后给他们提建议，只要做好现在的作业，就能拿到学分。

每个学期这种联系都很费事。但只要有些学生努力一下，我就能给个 C，不愿意辣手无情判定成 F。

但是两年下来，我发现不是所有学生都理解我的苦心。有些孩子见缝就钻，有些孩子只对学分本身感兴趣。

前一阵子我看到三张反馈单是同一笔迹。

犯事的是大一女生。我叫来三人质问，她们马上蔫了，老实交代了理由和作案手段。

过去，三女儿小留曾经偷刷了我的信用卡。我现在的心情和那时一样，正义在我手里。

作为正义一方审问坏蛋真是爽快无比。我让三人并排站到前面，像经常呵斥小留那样训斥她们："你们在干什么？怎么好意思做得出？！"（三人都认了错，于是饶过了。）

这些孩子经常写非常有趣的上课反馈。所以，只要她们来上课，就会很认真。我当众朗读过很多次她们的意见和烦恼，记得她们的名字（她们以为我不记得）。尽管如此，她们还是会钻空子。

没过多久，大四男生也犯了同样的错。选我的"文学与男女社会性别"课的大四男生分为两种：一种是对性别问题极其感兴趣的、思维非常开阔的人；另一种是眼睛和头脑都非常封闭、对什么都不感兴趣、只想拿学分的人。这次钻空子的男生是后一种，没交过作业，反馈单上的感想一看就很敷衍。

如果我给这些人判定成 F，他们不会对男女的社会性别差距和女性主义做出思考，只会记得我没给他们学分，带着对我的反感进入社会。也许，今后他们会有人生伴侣，要养育后代，年复一年，变成中年男人，变成老年男人。我回到日本后，见过无数中老年日本男人，他们对男女的社会性别差距和女性主义毫无了解、毫不关心。一想到大四男生说不定会变成这种人，我就悲伤得不能自已。

面包涂上黄油
春光喜悦透亮

　　不久前我深夜回到小猫家，看到有位客人，是小猫的朋友，一位开面包店的女士。我和人家初次见面，没管那么多，坐下来和面包师说了好多"关于面包我有非常多想说的话"。

　　我一听说人家是面包师，真的忍不住不说。从美国回来后，为了吃口面包，我已经费力寻找了两年。我不喜欢日本面包。太软，太白，太甜，越来越软白甜，越贵越如此。我想吃更硬一点的，不那么白、不那么甜的面包，想吃烤得很到位的紧实面包。但找遍附近的面包房，都找不到可心的。

　　每个国家的面包真的不一样。

　　和面包师谈面包无疑是班门弄斧，可我忍不住。

　　同样都是切片吐司，日本吐司蓬松、绵软、筋道。英国吐司就像一沓纸，所以他们能把吐司放在架子上暂时不吃，只慢悠悠地喝红茶。要是日本吐司这么做，立刻就会吸湿，变硬，变难吃。夫在六十年代从英国移居到美国时，只吃工厂制造的廉价白吐司，所以他感叹现在美国到处都可以买到好吃的欧洲面包了（我在加州吃的就是好吃的欧包）。生产线制造的典型美式吐司总是有点儿咸，干巴巴的。

我刚到加州时，也就是说我刚离开日本时，很想念日本的软白甜面包，找了很多地方，去了韩国系等所谓的东亚超市，都找不到类似的。

现在回到熊本，我想吃在加州日常吃的面包。切片，烤好，涂上黄油。真材实料，揉搓到位，发酵到位，不过分轻也不过分重的，全麦或者燕麦面包。

为什么要说"发酵到位"呢？因为大多数日本面包在我的感觉中都发酵不到位，里面残留着湿气，没有轻盈的气孔。如果是做放了很多谷物的爱尔兰苏打面包，也会有这种潮湿的不轻盈感，但日本面包师做的并不是爱尔兰苏打面包呀。就好像他们想要的，已经不是刚出锅的米饭了，而是放凉了的锅巴。为什么费劲儿去做难吃的东西呢？

绕远找来找去，没想到灯下黑，我最常去的超市就有一家面包房卖这种面包。终于找到了，不过分轻也不过分重，里面有核桃仁，浅黑色，外面烤得很焦香的面包。

可是面包房不是每天都烤这种。我每次去买，未必能碰上。因为最好卖的、价钱更贵的，还是软白甜吐司，以及各种放了馅料的面包（我喜欢，但不想每天都吃）。如果碰上了，我一次性买很多，或者半价买下放久了没卖出去的，总之成了这家面包房的熟客。最近他们告诉我："今后不会再烤这种面包了（因为卖不出去）。"

我傻眼了。彻底傻眼了。我小心翼翼地问："那，我怎么办呀？以后吃什么呀？"面包师说："你知道 M 车站吗？"知道，离我家很远，相当远，我只路过了两三次。"那个车站附近新开了一家店，店主从前在福冈开了一家人气面包店，现在回熊本开店了，去那里肯定能买到。"

然后我就去了。从我家开车要半小时。单程半小时哦！我平时的所有购物都在车程十分钟之内的地方解决，半小时远的地方无异于世界尽头。

那家的面包极其美味，我喜欢的燕麦面包里还放了很多不同种类的奶酪。

我问店员："您这里的面包真好。可是实在不好意思，我吃不了奶酪，有没有不放奶酪的、简简单单的燕麦面包？"

店员耐心地告诉我："您打电话预订，可以单做。"该"周末打电话"，还是"周末之外打电话"？我最怕这种二选一，头脑混乱，不知如何是好。距离也是问题，单程半小时，往返一小时，堵车得一个半小时，越想越觉得麻烦。

换个话题。前几天，熊本某图书馆邀请我去做活动。太远了，我又忙，就拒绝了。

不过上面说的这个面包房就在去图书馆的路上。如果我定期去买面包，一定会在路上想："啊，那时我推掉了图书馆的邀请，我和馆长相识多年，人家一直对我很好，又好心邀请我，我却拒绝了。现在为了买面包，再远的路都开过来了，离图书馆也不远了呀。"

这么一想，我顿时坐立不安，给馆长打了电话，说想参加那个活动。就这么给自己上了枷。

再说回开头。对着初次见面的面包师，我滔滔不绝说了十五分钟。枝元小猫一脸"你这个怪人！"的表情，拿我没办法。

会养一只
春天的阳光那么重的小猫

SARS 危机闹得最凶的时候，有一次我回日本，在飞机上先被留置了很久，上来一群科幻电影里的穿着严密防护服的人，让我填写了详细问询表之后，放我走了，没有隔离。几天后，熊本卫生保健所的人打来电话。熊本与东京隔了千山万水，他们都能找到我（我在问询表上填了地址），真是"厉害"。

现在是新冠危机。各种活动被取消，加上春假，我赚到一个长假期。（后来才感觉出，最开始大家的心态都太好了……）我首先去了美发室。我全靠每隔两三个月去烫一次来保持发型。烫完两个月，发卷就松懈了。平时我没时间，懒得去美发室，除非发卷松懈得不能再看。现在放假，有了时间。

每次去固定的美发室，照照镜子，我都会脊背生寒。"在美发室最不想看见的，就是镜子，总是不小心从镜子里看到一个和母亲一模一样的我，说不定我的姿势也和母亲一样，都有点儿驼背，头向前探着。"我说。长年给我烫头发的美发师说："我也一样，我更喜欢我父亲，可我越来越像母亲。"之后又说："伊藤女士，你走路的时候脖子有点儿前倾。"

脖子前倾。

我刚进健身房时，年轻教练说过同样的话。现在再次被这么说。而且这次说话的人，是与我年龄相近的多年熟人。她都这么说了，看来我必须正视现实。

所谓脖子前倾，指的是头往前探着，有点驼背，身体重心前倾的姿势。

从美发室回家的路上，我有意识地把脖子往后仰，要往后移很深，才能获得挺直的感觉。只这么后仰一下，就感觉脖子、肩膀和肩胛骨在咯吱作响。后仰之后，我腰上使劲儿，让脊背挺直。要使很大劲儿，才能获得不驼背感，腰和脊背也咯吱作响。现在身体四处的咯吱作响，证明了我平时姿势不好。

我垂头丧气地想了一下原因。

我平时的生活中心是桌子和椅子，到了急着交稿时，好几个小时保持着前倾姿势，僵得感觉不到脖子和肩膀在哪儿。

去早稻田上班时，我背着装了电脑和书籍的大包。那包有多沉呢？就像选择了大葛笼的老奶奶[1]，带子深深勒进了肩膀。我以前倾的姿势走过机场和东京地铁的通道。开车时也是，我腿短，把座位拉到最靠前的位置，头往前探。总而言之，我在日常生活里，无时无刻不前倾。

可以说，我的身体僵硬在"脖子前倾，驼背"的姿态里已经很久了。无论我多喜欢穿 The Religion 和 Urban Outfitters（两个美国牌子，青春风格，受年轻人喜欢），发型多么詹尼斯·乔普林（Janis Joplin，终年二十七岁的美国歌手，我的发型受她影响），我的本体，在以老婆婆的姿势迈着老婆婆的步子。

我以老婆婆的姿势，迈着老婆婆的步子，去各地参加活动，走过大学校园，站在年轻学生面前讲课。遇见我的人从最开始，就会当我是一个老婆婆吧。

我给本书起名《初老的女人》，年轻编辑们都说"伊藤老师，你没有那么老"。我没听，坚持用了这个书名。我哪里是初老，是本格老化的本老。

长年以来，我见过母亲和其他老人的身姿，她们随着年纪增长，走路时越来越前倾。我曾事不关己地想：人到了

1　日本民间传说《麻雀旅馆》中的情节。老爷爷救了麻雀，麻雀为报恩，请老爷爷在小葛笼和大葛笼中选一个。老爷爷认为自己老了，选了轻的好拿的小葛笼，回家后发现里面装满了金银财宝。老奶奶知道后，闯进麻雀旅馆，硬要了大葛笼，在回家路上打开，从葛笼里涌出了妖魔鬼怪。

七十岁、八十岁，会变成这样子哦。太天真了，怎么会事不关己呢。

我认识的与我同龄的女人，不少人未及七十、八十，已经在前倾着走路。开始以为是她们腰不好，实际上就是老婆婆化了。变化不是骤然出现的，六十岁，六十四岁（就是我），或者从五十五岁就逐渐开始了。

所以我现在无论在家，在外面，带克莱默散步时，与人站着说话时，去超市时，都有意识地伸直脖子，挺直后背，试图让自己增高两厘米。这样其实很难，因为稍微不留神，强力皮筋就会弹回原状。

无意识中，我总是身体重心向前，驼着背，脖子前倾。下巴、锁骨和乳房（已下垂）围出一个空间，好似怀里抱着什么。

"乳房与乳房之间……是泪之谷。"

说这话的是太宰治。那么我怀抱着什么？蓄积已久的疲惫？人生的艰辛？抑或，想养而未养的猫？

等以后严重骨质疏松了只能慢吞吞地挪步时一定会养的那只猫的重量感，如今就在我身前无一物的空间里。所以，我现在这样子，仿佛在下意识地弯曲脊背，前倾脖子，想守护这只看不见的猫。

足不出户
与往常一样远行

我平时看订阅的电子报，还看推特[1]。这种渠道看到的新闻总掺杂着个人的声音，不安倍增，听上去嘈杂紊乱。

我好像快被不安吞噬了。

新冠刚开始传染时，所有活动都被取消，两年间我有了原本难以想象的富余时间，仿佛枯草复生。我读书、听音乐、带着克莱默散步、给植物换盆，悠闲地过日子。外界已是春天，气氛越来越不安稳。

三月二十五日本来是早稻田大学的毕业典礼日，我的课上有今年的毕业生，有几个经常待在我的研究室里。所以我穿了一身正经衣服，想用力拥抱他们，送他们走上社会。可是毕业典礼被取消了。新学年能不能如期开始还很难说。

鹿乃子本来说好三月末要带两个孩子过来。七岁和五岁，

1　即 Twitter，全世界最大的社交平台之一，拥有超过 6 亿的注册用户。2023 年 7 月 24 日，推特更名为"X"。编者注。

都是第一次来日本。

三个人本应在三月三十日下午三点到达关西国际机场，关西和熊本之间没有直飞航班，几个人先得从关西机场转到伊丹机场。

从美国西海岸到日本的飞机一般在中午起飞，小孩子不给你好好睡觉，快着陆时（相当于美国的深夜时间）才睡得像摊烂泥，得把他们摇起来。摇起来他们还会倒下去睡，得摇好几遍，赶尸似的扯着他们换乘飞机和车，最后抵达熊本。这种事当年我经历了无数无数无数次，那个辛苦啊。

所以我想，他们抵达关西机场那天，我也过去，我们先在酒店住一夜。因为有时差，小孩子肯定要在意想不到的时间起来玩，让鹿乃子好好睡吧，我陪着孩子们好了。在这方面我平时帮不上女儿的忙，偶尔得"孝顺"女儿一下呀。我想得挺好，可是酒店和我的关西之行都被取消了。

五岁是个铁路迷，来日本的目的之一是坐新干线。所以我们准备从关西国际机场先坐一趟外表像机器人的电车Rapi:t 号，到难波换乘，坐到新大阪站，再从新大阪坐新干线去熊本。这个小旅行也泡汤了。

到了熊本，要坐熊电[1]，还要坐市电[2]去动物园。这计划多好，有动物，有电车，能划船。还打算走远一点儿去阿苏看猴戏，去农场乐园，去荒尾的绿色乐园，这些也都取消了。

还有很多计划。

鹿乃子和沙罗子上小学时当作秘密基地的河滩没有变，还是一片自然状态，我想带七岁和五岁去探险。五岁特别喜欢橡子，鹿乃子曾让我传过橡子的照片。附近有座到处是橡子的小山，盛开着各种野花，还有鸟，不爱橡子的七岁也能玩得开心。克莱默一定会乐颠颠地跟在孩子们后面跑。我为孩子们想了这么多熊本的玩法，全部作废了。

现在加州禁止外出，上幼儿园的五岁只能在家里玩电车。上小学的七岁用学校出借的平板电脑自习上网课，偶尔和老师连连线。鹿乃子用 Skype 给学生上钢琴课。她在 WhatsApp 上告诉我："音轨总是慢一步，确实是问题，不过习惯了就好了。"

两年来我和女儿们用 WhatsApp 频繁联系。我在加州时，我们经常用电话聊天，来日本后也一样，故而没感觉相隔遥远。因为封锁国境和禁止入境，我们暂时不能见面虽然是现

1　熊本的单轨私营铁路。

2　熊本当地的小型路面电车。

实，不过我和女儿谁都没有主动提起过。

三月中旬，住在柏林的友人原本要来东京，我们打算好好商量一下我那本《拔刺 新巣鸭地藏缘起》的德语翻译，她的行程也取消了。没办法，我们只好一个在这边的夜晚，一个在那边的早晨，用 Skype 交谈。我们约定好每周日夜晚上线，我吃过饭，带克莱默散完步，准时坐到电脑前。屏幕上她身穿家居服，身后映着书架，我身后映着克莱默。

我和友人相识已久。前年她的日本丈夫去世，她现在独自一人。我也一样，独自一人。"丈夫死后我没说日语的机会了，最近经常憋住，蹦不出来。"她用日语和我聊着天。

我们说翻译的事，也说身边琐事。柏林现在什么情况，哪些方面受到新冠影响，有哪些外出限制，她怎么生活，什么地方受限，在哪里找到了乐趣，等等。每周这么聊着，我充分了解了柏林的新冠生活。她告诉我哪些巴士还能坐，哪些商店还营业，教堂关闭了一阵子重开了，她想在教堂里唱期待了很久的赞美诗。我们畅谈，我们大笑，在笑声中互道下周再见，然后关掉画面。在过去的人生里，我们有段时间频繁见面，有段时间无法相见，现在我们用 Skype 每周确认一次对方还活着。

有一次她告诉我，柏林爱乐乐团的网上音乐厅现在免费。

多么贴心的安排！我立即加入免费会员看了起来。一旦开始看，就陷进去出不来了。我对食物和音乐就是这样。从早到晚一直看，一直听，免费期过后，我自然续费当了会员，继续看，继续听。

网上音乐厅有很多视频。卡拉扬、阿巴多、拉特、佩特连科，什么都有。我听了一首，不同指挥的同一首曲子，一直看，一直听（食物也一样，中意了就吃个没完没了）。为什么是这一首？我也说不清。马勒的第一交响曲。

我一直看着，一直听着，马勒的第一交响曲。马一，马一，马一。身在熊本，心随柏林爱乐。

新冠肆虐
地球遍染春忧

四月初了。现在我非常空闲。

如果换到往常，再过一星期早稻田就要开课，我会慌乱忙碌。现在因为新冠，学校要一直休息到五月初长假后。我开始以为这下有了时间，能做以前没空做的工作了，然而实际上，每天从早到晚我都在看报纸，根本没碰工作。

很多东西我都想写。樱花盛开时散步，仿佛误入了另一个世界，想写。最近我一直钻在家里认真做饭，思考了很多酱油的事，想写。因为一直在家，开始做针灸，我对医生说自己最近姿势糟糕，医生一句"不能往坏处想。这姿势对你来说最舒服放松，你才会这样的"说服了我，想写。但都只写了个开头，又写了个开头，就写不下去了。无论写什么，都感觉不是我生活里的真实现实。

大学总会开始的，一旦开始，随之而来的就是地狱生活（经验谈），现在不写就来不及了。可是我的真实现实和报纸新闻、和新冠紧密黏在一起，如果用力把自己从现实上撕下来，去写什么樱花盛开、酱油和针灸，难免有种没撕干净、半身依旧粘连的感觉。

旧友发来邮件："好久没联系了，藤藤（从小学到高中，同学都叫我藤藤，伊藤的藤）最近可好？"旧友也天天追着新闻看，没心思做别的。虽然我回信说："这种时候也只能平静认真地活下去了。"可现实是，我在新闻的瓢泼大雨里天天淋个透湿，"平静认真"无从谈起。

记忆中我经历过的"世界正在改变"的大事，大概就是柏林墙的倒塌，世界地图发生了巨大改变。如果我经历过战争，在这里会说战争，可是没经历过。

1989年初，日本从昭和进入了平成，柏林墙的倒塌发生在十一月，那时我和家人住在波兰，切身感到时代在极速改变，我头晕目眩。我感觉现在的变化与那时等大。

昨晚开始咳嗽，有点儿发烧，可能感冒了，我害怕起来。想着去泡个澡暖暖身体，结果泡得太久，头晕无力，赤身裸体地软倒在地。没人能救我，我只好挣扎着爬起来，往床那边挪。挪到床上再次晕倒，直接昏睡过去，直到被冻醒。人就是这么感冒的。

今天早晨去药店买了体温计和感冒药。也许大家都在囤物资？便宜体温计售罄，我买的那支售价近三千日元。

昨天躺在床上想感冒的事，万一我得了新冠，克莱默怎么办？只能寄养到爱犬教室了。如果主人阳性，狗还能寄养吗？这么想着我再也睡不着了，猛一下坐起身，给小留发了一条 WhatsApp："如果我死了，你要接管克莱默呀。"小留不安地回复我："妈，你要死了吗？感染了？"我回复她："离死还早呢！才不会感染呢！"别看我语气嘻嘻哈哈，实际心情非常沉重。

迄今为止的二十年来，一遇到什么事情，我就会忧心忡忡地细想怎么做才能保全家人不分离。现在就是这种状态。就算女儿有生命危险，我也无法赶过去陪伴。

据说德国临终病人的家属也无法去医院陪伴，太不合理了吧，我想。这才知道在意大利、美国和日本也一样。所以即使我赶到加州，也会被政府阻拦，见不到鹿乃子、沙罗子和小留。

真要到了这一步，我会是什么心情？我想象过。不过没对女儿们说。

反过来也一样，我考虑过如果我快不行了，我不通知女儿们。与其在将死未死时告诉孩子，让她们手忙脚乱想来看望而不成，倒不如等我彻底死透之后，再让她们知道。

从前有一部叫《传染病》（Contagion，2011）的电影，很久前我和夫一起看过。新冠初始我又看了一遍。一个人看的，好像是在网飞上。过去觉得电影有意思，如今只觉得异常恐怖。电影里有马特·达蒙、格温妮丝·帕特洛和裘德·洛，都演得很好，第一次看时我只记住了凯特·温斯莱特，再次看时，依然觉得她的角色最让我感同身受。

　　如果遇到万一，我准备谁都不告诉。刚这么想完，又意识到："那克莱默怎么办？"

　　白想了，问题又回到了起点。

同一场春风下
相隔万里也能相视微笑

　　过去这两年，我每周飞一次东京，去早稻田在五百个学生面前讲课，阅读学生们的反馈感想，听他们发表意见，有时请他们吃萨莉亚，然后回小猫家吃饭，再飞回熊本。这种生活将我的剩余工作时间挤占得所剩无几。两年来一直这样。可现在，我有阵子没离开熊本了，怎么讲，我明明有时间，却什么都懒得做。

　　其实我知道原因。因为有了时间，所以我看新闻，看推特，越看越心神难安。他人的不安从新闻和网络里渗涌而出，湿答答地冲向我。我浑身湿透了，束手无策。

　　鹿乃子说："妈妈你那一代人多少经历过时代带来的精神创伤，所以还好说。可是我和我的孩子没经历过啊。"

　　她说精神创伤，我吃了一惊。新冠确实是一种创伤吧。

　　如果我经历过战争，那确实有的可说，但我没有那种刻骨铭心的体验。真的没有。顶多记得石油危机时母亲为了买卫生纸而四处奔走。还有我看着发生了巨变的世界地图，只觉得那是他人事（柏林墙的倒塌和苏联解体）。假如说到个人的人生经验，我倒丰富得要命。

战争和大地震来自外部，人心中的伤痛能讲述给别人听，但是换成离婚、疾病、生死等内心之伤，我倒是想说我幸存下来了，没有死掉，但能说给谁听呢。

有些事情从外部击溃了一个家庭，有些东西从家庭内部喷涌而出，同样导致了崩塌。不过无论是外因，还是内因，我们想保护家人的心情是一致的。

啊，原来如此。莫非是因为我现在独身一人，没有家人需要我保护，所以才变得这么虚弱无力？

如果我有想保护的人，也许会振作起来，会怒喝自己：少在那儿叽叽歪歪的！现在要保护两个孩子的鹿乃子就是这样吧。但我真的很不安，不安，不安。一波接一波的不安打湿了我。

听说大学要开始上网课，我能行吗？以后还能和学生见面吗？无处打工的学生们有钱交学费吗？出版界还能运转如常吗？等我在早稻田的三年教学结束之后，出版业不会荡然无存了吧？那我会走投无路的。我要是生计无着，克莱默怎么办？

我整天想着这些时，沙罗子发来一个视频。

沙罗子是教小孩子学合气道的老师。加州三月十九日禁止外出之后，活动都变成了线上。沙罗子老师拍了视频指导孩子们练习，也发给我看了。

沙罗子盯着镜头，也就是说，她盯着我，摆好合气道的姿势动作起来。她脸上没有笑容，没有烦躁或怒容，只是合气道的一脸认真。画面上传来沙罗子的解说，她讲给孩子们听的话语声是那么明朗而坚定。

这时，一个对手袭击沙罗子，她立马用合气道的技巧化解，将对手远远推开。

这个对手就是D。他和沙罗子就是在道场认识的，已经同居了几年。

D和沙罗子来日本时，偷偷计划了一件事。

我带他们去看奥阿苏的一处林荫下的淙淙泉水，两人在泉水旁的无人蔬菜摊那儿腻歪来腻歪去，我忍不住翻白眼想"年轻人真是……"忽然沙罗子带着哭腔喊我："妈妈！"她走过来，"D向我求婚了。"举起手给我看她的戒指。

"之所以选粉红钻石，是因为我觉得这块原石的气质很像沙罗子。"D紧张兮兮地解释。看来他计划了很长时间，偷偷地挑选了戒指，瞒着沙罗子买下来，又偷偷带到了日本。

"在哪儿求婚不好，为什么偏偏在蔬菜摊上？"我问。

"不是在蔬菜摊上，是在泉水旁。我看见水流时，心里就认准这里了。"D说。

我经常来这里，已经看惯了泉水，所以只在一旁的休息室里和源泉管理员打招呼，说我女儿也来了（我常来，和管理员混熟了），没看见求婚一幕。后来回想，他俩确实久久凝视了泉水，确实被源泉之美感动了。

说好了夏天要举行结婚典礼。结果新冠来了。不过在视频里，有婚约的两个人一个扑上去，一个被扑后打回来，厮缠在一起，看上去十分亲密。

视频的结尾，沙罗子看着孩子们，也就是看着我，咧嘴一笑，把手里的坐垫向D砸过去。D"中弹"之后，硬撅撅倒在地上不动了。

这段搞笑动作只有短短几秒，不知为什么，我笑出了声。无论看几遍，都会笑出声，觉得这段比任何一个喜剧演员的表演都更滑稽有趣，比任何一部温情电影都更能引我思考一家人是如何走到一起的。慢慢地，往昔过感恩节和圣诞节时家人都回来的喜气洋洋的忙乎劲儿和勃勃生气也再次涌上了我的心头。

现在我从早到晚地看这段视频。播放量涨到了四百，其中二百绝对是我。我们之间相隔着上万英里宽的太平洋，我是在海这边独居的母亲，翻来覆去看着大洋彼岸女儿的视频，哈哈哈哈笑出了声。

喜林芋沾满泥泞

夏未至

自从新冠开始，我家里全面绿化，简直一发不可收拾。

我家在公寓楼的一层，带一个小院子。前不久路人（透过玻璃窗看见我家室内）夸赞"不得了"，我回答"因为新冠啊"，对方感慨地说"我懂！"。

上次我说过自己是狂热的植物爱好者，其实院子里杂草丛生，没什么了不起的，我最拿手的是室内观叶植物。

从园艺角度看，春天三月是活跃繁忙期，因为新冠，我去不了东京，一直待在家里。已经看熟的植物的各种细节，现在看得越发清晰了。

有的叶子长得太密，头重脚轻，于是换了盆。这盆好了，就发现那盆也得换，去家居超市买花盆和土（那时家居超市还营业），既然去了再买点儿新的吧，于是绿植越来越多。回到家，给新买的植物换盆，空盆让给其他植物，再次空下来的，再让给别的……如此循环，终于弄好所有该换盆的植物，不需更换的也强行换了。

被虫咬了的无精打采的植物，放到院子里没有直射阳光的地方，那里长满了乱草，能淋到雨水，不受直晒，对生病的植物来说是再好不过的位置。放置在那里长期没有管，等我想起来时，植物的根已经从盆里扎进了地下，搬不动了。

换盆时我一直在想，为什么是塑料花盆。

我原本就是沉迷无度的性格，家人早习惯了。我把加州的家弄得到处都是绿植，他们什么都没说。我以为回了日本也一样，没多想就买了一盆又一盆，工作忙时顾不上管，买来后没换盆，就那么或者放在地上，或者挂着。

现在长时间在家，看见了很多平时注意不到的东西，想了很多平时没有思考的事情。我不用购物塑料袋和塑料吸管，为什么在用塑料花盆？

我有收集同一种植物的倾向。龟背竹有七盆，各种喜林芋一共十五盆，绿玉树八盆，秋海棠十盆，绿萝七盆，虎尾兰四盆。其他也都是些便宜而好养的，加起来将近八十盆。

也许，我的目标不是生活里有绿植，而是开园艺店。这样的话，就顾不上用精致的好花盆了，如果看重价格和性能，分量轻、价格便宜的塑料花盆自然成了首选。

都说塑料花盆的透气性不如陶盆，不过我经常用手指捅捅盆土，检查含水度，所以塑料花盆也不成问题。

在加州最开始养绿植时，我认真地用了陶花盆。墨西哥产的赤陶花盆很便宜，时间长了会还原成细小的沙土，渐渐酥裂开。它从泥土而来、逐渐崩塌返回泥土的样子我可以接受，但它在我房间里崩塌，就显得很脏。

还有就是，绿植数量逐渐增加，越长越大，逐次换盆，花盆也越来越重，越来越不好收拾，就觉得塑料盆是可以用的。

在加州时，我家的锅全部是大号 Le Creuset 铸铁锅，夫认识我之前，很着迷做饭，只用这种锅，收齐了一整套。要想端起大号 Le Creuset 得费一把力气，我失手过好几次，弄得一片狼藉。给绿植换上又大又沉重的陶花盆完全是同一种感觉。我想用日本雪平锅那样轻盈的锅，所以后来去日本超市买了。特别轻！这就是日本啊，为此我莫名感慨过。

在房间和小院子之间，有一个可以当台阶的木台，克莱默用，我也用。坐在上面，腿的弯曲角度和屁股的触感都刚刚好。周围放着植物土袋子、垫花盆的碎石袋子和闲置空花盆。

花盆里的土，是从超市买来的观叶植物土，其实应该混上陶粒和腐叶土使用，我没这么做。就好像做饭时心里想着要用昆布和鲣鱼慢慢煮出高汤，实际上用了现成的瓶装淡口出汁或面出汁。

坐在木台上伸开腿，双腿之间是该换盆的植物。有些长得太好，从原来的盆里拔不出来，就用两条腿夹瘪花盆，换个角度再夹一次，依旧拔不出来的话，就用剪子毫不客气地剪开花盆，抖松植物根，混上新土，放进新盆，边缘填实。很多人干这活儿时会戴手套，我不戴，边干边感受泥土的温度和湿气。

换盆的窍门是，不要换得太大，稍微大一圈就可以。

为什么？因为这么做植物不会惊慌。

初夏
流星雨划过屏幕

不久前终于在园艺店找到了心心念念的醉蝶花，四月中旬，我把它们种进三个陶盆，放到日照充足的位置上，想着到了盛夏就能得到一片醉蝶花。实际上，整个四月我都在惴惴不安。

早稻田的新学期推后到五月第二周才开始，三月末大学通知我："新学期暂时需要线上授课。"

我刚去早稻田时，有经验的人告诉我，第一年最辛苦，第二年会习惯些，第三年一下子就轻松了。

真的！第一年我仿佛被暴风雨席卷，做什么都感觉艰难。第二年有些习惯了，渐渐明白了怎么与大学和学生打交道。现在第三年，我正准备享受轻松呢，却碰上了网课……一切又得从零开始摸索，好不容易才习惯的教学方法又得从头再来。这让我不安。还有对网课方式的不安。不对，应该说是恐惧。我对网课一无所知，心虚得要命。

网课也分几种。

①发资料，布置作业。

②提前录好视频，届时播放。

③用 Zoom 软件直播授课。

如果我是学生，肯定很难集中注意力，所以①没意思，②绝对不行，那么只剩下③了。可我是一个站到众人面前就紧张的人，要换上另一个人格才能交流。如果在自己家直播，我背后就是床，床上躺着克莱默，这我能换人格吗？能持续讲九十分钟话吗？这么一想，我特别不安。

二十二日大学又发来通知，本学期将全部改成网课。没退路了，我只有横下心去做。

我先以私人方式雇了刚毕业的 S，请 S 帮我研究 Zoom 的用法。S 的本职是舞台剧制作人，目前因为新冠失业。既然能制作舞台剧，那制作网课一定不成问题（事实证明确实如此）。S 仔细研究了 Zoom 用法，预设了可能出现的问题，为我准备了对策。

我在大学里有两个三百人规模的大课，两个四十人规模的"演习"。

每个大课配一名助教，分别是和我投缘的硕士生 T 和 K。他们加入了 S 的前期准备，组成一个"比吕美小组"。

T 为我构思了多种网络专用授课方法，S 领队在 LINE 上组建了一个"虚拟研究室"，叫来学生做了几次模拟。与此同时，我旁听了美国友人主持的网课。

这边的准备工作进展顺利，五月二日大学发来通知："直播有可能引发服务器拥堵。"我没理会。周末之后大学发来言辞更加严厉的同类通知。其实我已听说，其他已经开始网课的大学，服务器真的被挤爆了。

"比吕美小组"没管这些，强行做了直播。为了预防服务器拥堵，S 还做好了转移到 YouTube 的准备，并将演习教室彻底转到 LINE 上建了一个学生大群。

网课开始之前，我每天提心吊胆惴惴不安，有时紧张到胃疼。本应轻松的第三年为什么成了这样子……我在心里暗骂，迎来了第一天的网课。

那天我化了妆，脱掉穿了多日的牛仔衬衫，换上工作服（The Religion 的黑色 T 恤），提前三十分钟接通 Zoom（很多学生还不习惯，为了不让他们手忙脚乱，出去了还能再进来），没开摄像头，只放了自己喜欢的曲子当背景音乐。开始四分钟前，换上一首 Akon 的 Lonely。等歌唱完"So lonely, So lonely, So lonely, Mr. Lonely"，我打开摄像头，对着看不见一个人却有三百人在侧耳倾听的 Zoom 界面说："同学们好，我是伊藤比吕美。"

结果如何？

太！有！意！思！了！

学生在 Zoom 上能看见我，我看不见他们，不过有对话功能。我在这边讲课，三百名学生从那边源源不断地发来现场思考。字幕从显示屏上流淌而过。看这种字幕有窍门，就像看天上的流星雨，毋庸多想，放空头脑仰望天空就行。我扩展着视野，看着字幕雨，接二连三地看到很有意思的发言。我与三百名学生共享着每个瞬间。

这是以前上课没有过的感觉。以前我能感知到无数双眼睛在注视我，或者好奇，或者厌倦。我在意着这些视线，在前面讲课。如今我面前一个人也没有，无数文字在代言学生们的呼吸和表情。

S 给了我莫大帮助。还有 T 和 K。

第一次网课上，我说"给大家介绍一下乐队成员"，点亮 S 的头像，"技术督导 S，网络和声音出现问题请找 S"。然后介绍 T（另一个教室介绍 K），"助教 T，与课程相关的问题和咨询请找 T"。

"虚拟研究室"也不时开门。每次深夜举行，约有十人参加。所有人都很寂寞。有的孩子还在外地家中，没有回到东京；有人刚找到工作正在远程办公；误入的大一新生还没有实际在校园内上过课。在网上，大家都比平时面对面时更加畅所欲言，常有热烈辩论，对手既在场，又不在场，不会搞坏气氛。

我很惊讶，原来大家都是能坦言明确主张的成年人啊，以前我把你们当小孩子了，对不起。老师放心了。

网课时间总是在白天，我在家门上贴了"正在网络授课，请勿按门铃"的字条。上完课后我带着克莱默出门，邻居们会打招呼问："网课还好吧？"（我家在一层，邻居们会经过我的门口。）

就这样，新学期开始了，我身在熊本照样忙得要命，彻底忘了给院子浇水，刚种好的醉蝶花没多久就枯萎了。

啜饮山芋泥
啜饮不辍

我简直想把本篇的小标题直接写成"我与山芋"，因为最近吃的都是山芋。

三月、四月、五月，受困于新冠，哪儿也去不了。熊本的抗疫生活还好，不那么严格（与德国和西班牙相比），当然市中心的百货大楼不营业了，书店不营业，我喜欢的郊外的家居建材店关门了（其他家居超市还开着）。无处可去的熊本人涌到平时我和克莱默散步的河滩和山上，我们被驱逐到不见人影的小山深处，散步时几次遭遇野猪。在这种日子里，我对山芋有了执念，至今未能放下。

执念的发端，是有一天我偶然买了一根十厘米长的山芋。就是在普通超市买的，长长的，正式名称叫"长芋"的那种。

我平时不买山芋的，这次为什么买了呢？小猫说北海道的友人送了她一些山芋，我看的漫画里，主角在北海道山芋农家打零工吃了山芋。一月我还往返于东京和熊本时，计划过要和小猫去吃一家专卖山芋泥的餐馆（还有这种专门店啊，别吃惊，真的有！），但没能去成。想吃山芋的欲望重重积累，让我买下了这一根。

过去母亲经常做山芋泥饭。父亲很爱吃这个。母亲拿着长山芋在捣钵里慢慢转圈儿磨泥，我是那个盯着山芋按住捣钵的孩子。

母亲去世后，不对，母亲从住院到去世用了五年时间。住院之前母亲轻微痴呆，已经做不好饭了。从那时起，我已有十几年没吃过山芋泥。我和前夫还在一起时，也只做过一两次。前夫不讨厌山芋，可吃可不吃。几年前死去的夫，积极踊跃地厌恶山芋。他经常说："日本文化我基本上都喜欢，但是纳豆、山芋、能剧和小津的电影怎么也喜欢不起来。"

综上所述，我偶然买来一根山芋，像母亲那样在捣钵里转圈磨碎，加一个生鸡蛋，放出汁调味，搅得匀匀的，太好吃了。于是又买了一根。

第二次我没用捣钵磨泥（太花时间），先用礤床儿擦成末，再在捣钵里磨。"礤床儿擦出来的不好吃！"我似乎听见了母亲的声音，可是礤床儿快多了呀。

这么做了几次，还是不方便。再说没有孩子帮我按住捣钵。克莱默不顶用。于是我想出一个新办法。

直接擦到大碗里，打一个生鸡蛋，浇上适量面出汁和淡口出汁，放很多水。之后用叉子疯狂搅拌。不能叫搅拌，此处用英语的 beat（击打，连击，打泡）更确切。一分钟就做好了。

我每天都在吃山芋泥。只吃山芋泥。因为糖尿病，我在过无米饭生活。久而久之很馋米饭，于是买了现成的速食米饭，但觉得不够味儿。我在小猫家吃的是砂锅煮的米饭，和速食米饭有天壤之别。我在加州时，主治医师不让我吃精米，糙米可以。我买了速食糙米，还是不够味儿，说是糙米，但充满了货不对板的软黏劲儿。

我找出过去全家用过的电饭煲，蒸了糙米饭。试验了多种做法之后，终于找到了最合我心意的做法，就是在糙米里放入大量杂谷，与其说健康，不如说充满野趣。无法拿给客人吃，韧韧的，有咬头，有点儿硌，嚼起来咯吱咯吱的。

所以，三月、四月、五月，还有六月，我连吃了四个月糙米山芋泥饭。也就是说我的偏食症发作了。

过去我容易沉迷一件事，经常偏食，只要迷上了轻易不松手。小时候一直被父母呵斥"这个必须吃！"，长大成人后，对自己的孩子说过"这个必须吃！"，同时我得做榜样，不得不吃。现在身边一个家人都没有了，我真的自由了。

父亲和我一样，一个劲儿地吃同一种食物，很被母亲讨厌。父亲说"这样不好"，我回答一句"确实"，也只是嘴上这么说，心里藏着和父亲一样的沉迷激情。

我向小猫汇报"最近在吃山芋"，"山芋啊，吃法很多，比如……这么做很好吃"，小猫教给我。真不愧是专业美食作家。我嘴上附和"哎呀，看上去就好吃"，实际上没听她的。咔咔咔咔咔咔，我用叉子疯狂搅打，做了山芋泥，只此一种，没完没了。

为什么是山芋泥？

因为是母亲的滋味？对夫的复仇？生蛋拌饭的变形版？为了滋阴壮阳增强体力？都这把年纪了增强这个做什么？一分钟的 beat 里仿佛潜藏着似有若无的秘密。

尼可也在远方
眺望夏夜之星吧

克莱默是过敏体质，经常搔挠身体，耳朵因为流脓变得乌黑，我常带它去看兽医，所以经常会想，这种生活就算尼可也在身边，我照样能照顾。

这本《初老的女人》开篇以来，尼可的名字只出现过一次，在上一本《暮色将至子》里多次出现过。我住在加州时，养了两条狗。资格最老、年纪最大的是蝴蝶犬尼可。后来才来了克莱默。克莱默的亲友狗狗每天来玩，住在二楼的沙罗子和 D 养的哈巴狗崽也过来一起玩，尼可发出类似"喵嗷"的吠声，龇牙威吓，对这些狗看都不看一眼，只黏着我，跟我一起过。

决定回日本时，我想过各种办法。

"尼可的话，我们还能照顾。克莱默不行，妈，你把它带去日本吧。"沙罗子说。

"妈总是这样，各种东西都让别人帮忙照看。"大女儿鹿乃子帮妹妹说话，小留也一样。"各种东西"，其中也有她们自己吧，我无言以对，只有拼了老命想办法怎么把狗带到日本。

两只全带无异于痴人说梦，连我自己都这么想。所以只带着克莱默回了日本。

我在前面写过，回来后第二年，开始把克莱默不时寄养到爱犬教室，这比委托朋友帮忙轻松多了，不欠人情，但费用不菲。我获得了自由，第二年经常从熊本出来，去了很多地方。每次回到熊本，克莱默都拧着身子撒欢儿高兴。

看着这样子我不禁想，说不定到了第三年我能把那一只也领过来，这样就能每天注视那个渐渐衰老的小身体了。我和爱犬教室的老师打好了招呼：如果蝴蝶犬也过来，还要请您帮忙……

结果现在新冠了。别说美国，我连东京都去不了，每天待在熊本，身边跟着克莱默。每天我都想，这种生活尼可过来也没什么大问题。

熊本家附近有几只蝴蝶犬，都耳朵大大的，毛发打理得整齐漂亮。尼可是老狗，生活在加州那种干燥粗犷的环境里，一身蓬乱燥毛，煤黑兮兮，俨然野性小兽。我想过很多次，要是能带着尼可和克莱默行走在日本深绿湿润的草丛里该有多好。

　　带着尼可在加州的荒地上散步时，尼可个子小，毛长，总是粘一身草籽和花梗回来，带着一身草籽花梗跳上我的床。床上有个枕头是尼可的，我翻个身就能摸到一身花草的它。

　　现在克莱默离开加州的家，它的亲友狗狗便不来玩了，剩下尼可孤单一只。我知道沙罗子把尼可照顾得很好，知道她每天晚上带着尼可和哈巴狗一起上楼。"可是不管我怎么做，尼可都会下楼，在黑洞洞的楼下独自睡觉。"

　　我三月回到日本之后，四月、五月沙罗子总在邮件上这么说。

　　在那之后我没再问过沙罗子尼可的情况。因为我知道她在用心照顾，所以问不出口。我既然信任沙罗子，把尼可托付给她，唯有相信尼可现在很幸福。

　　之所以没把尼可带到日本，还有一个原因。尼可的正式主人是小留。就像我抛下尼可一样，小留因为各种事情也抛下了它（自从上大学后），它若被我带到日本，就再也见不到小留了。只要它还待在加州家里，只要小留回家，就能相见。以前训犬师曾说，无论四年没见，还是四小时没见，狗狗见到主人的喜悦和亲热都不会变。

　　沙罗子、D，还有哈巴狗，是亲密的一家。尼可到了晚上，独自下楼，在沙发上睡觉。没办法，我的床空空荡荡，已经没有枕头了。它只能去从前克莱默睡觉的沙发，沾满了尿味儿、臭鼬味儿、各种污渍的沙发，睡在上面。要是我在家，我可以把它抱到我的床上，让它睡我的枕头。它在等待我这一抱吧，它能坚持到我回加州吗？不会等不到我就死掉吧。这种心情怎么形容才好？我见过母亲、父亲和夫的垂老而去，思考过很多，但现在对尼可的心情要更强烈、更无力，也更哀伤。

前进吧伦巴
无惧酷暑与荒野

克莱默哪些地方可爱？我说"走，散步去！"，它抑制不住高兴劲儿，使劲蹭我的后背，把头贴到我大腿上的时候特别可爱。跑过来贴着我，求我挠下巴的时候特别可爱。我喊一声它就颠颠地跑过来，把头钻到我胯下的时候，特别可爱。

也就是说，克莱默用自己的意志向我表达爱的时候，特别可爱。

莫也一样。它显示出自己意志的时候，显得特别可爱。不过莫这么做，不是为了向我示爱，而是为了回归自己的电源。

我在说什么？

嘻嘻，我买了一台扫地机器人，一个圆溜溜黑乎乎的小东西。

这段时间我真的觉得家里太脏了。闹新冠以来我一直在家，克莱默也一直在家，狗毛掉得到处都是，房间角落里积了一层毛。

我每天带它出去散步，到了河滩就让它下河，进山就让它在杂树丛里疯跑，下海时让它随便在沙滩和泥坑里滚。克莱默喜欢外面，也喜欢回家。就那么四只爪子脏乎乎的，一边抖落浑身的细沙和植物种子，一边欢快地跑进房间。

我这人吃饭时，要是不小心把吃的弄掉了，觉得捡起来吃是理所当然，不过现在掉了就会粘满狗毛，实在吃不下去。

房间角落里积累的一层毛，就像古老黑白西部片里翻滚在狂风荒野里的风滚草。就是说，家中久未打扫，酷似一片荒野。

住在美国时，看上去没有现在这么脏。要知道夫每天下了床就穿鞋，直到晚上睡觉时才脱，出来进去不换鞋，而且家里一直养着狗，之所以看不出那么脏，单纯因为面积大吧。

我想过打扫，但就是嫌麻烦。休息的时候也会打扫。不过有待处理的工作堆积得比狗毛高多了，要 beat 山芋泥，要给植物浇水，这些我都能干，唯独没有心力启动吸尘器。

有一天，我在网上看到扫地机器人伦巴的广告，正动心时，两个朋友来我家做客。

她们是新冠危机以来最初的访客。我能感觉到，她们说着"现在这样一直能待在家里，真是前所未有呢"，走进我家，随即心里在想："哇，这么脏！"

我主动说起伦巴，友人之一说"我刚买不久"，问后得知她买的就是我想要的那种，她家也有狗。"特别好用，特别可爱，狗毛什么的吸得干干净净，可勤快了"，友人赞不绝口。另一个刚才想"哇，这么脏！"的友人也强烈赞同伦巴是个好东西，我也有同感，两人一走，我就下了单。

我给它起名 M-O。就是皮克斯动画《机器人总动员》里的扫除机器人莫。

打开开关，莫一心一意开始工作，丝毫不在意自己，它仔细观察、辨别、理解、记忆，工作了一个多小时，自动返回电源基地，发出一声提示音后，静悄悄地不动了。那个瞬间，我从它身上感知到了一种机器人的"我要回家"的意志。

我知道电脑程序构成的心里不存在感情。不过莫的"我要回家"的确是一种充满感情的行为。

当然"回家"是程序设定，不过，程序员在写程序时，真的没有想到过吗？穿过玻璃窗照进房间的暖阳，厨房飘来的饭菜香，为他擦拭濡湿头发的父母的手和毛巾，给他裹上柔软旧毛毯父母的手轻拍在他身上带来的安全感，多年之后，他回到家看到的父母的衰老容颜。扫地机器人的"回归"只是一个动作程序，对机器人来说，那个迎接它的电源基地，究竟意味着什么？

我忍不住对它说："谢谢你，莫。"

之后又对它说："我们来洗净净，好不好？"我惊讶自己竟然这么动情，竟然说出这种话，结果打开集尘盒一看，一大堆一大堆的，无尽的狗毛，人的头发，尘与沙。

过去说起扫地机器人，我总觉得会是人形。现在实际用起来，它只是一个抽象的椭圆形，动起来不像人扫地，更像蟑螂在蹿。而我对着这样的它，动用了心底的温柔情怀，像过去和小婴儿说话一样，找它说了话。

我经常对克莱默说：I love you，克莱默。好孩子，克莱默。快点儿，就在那儿尿，尿完我们回家。

我对机器人说不出"I love you"。

取而代之，我在说：我们来洗净净，哎呀这么多脏脏，真不得了。好了，这下干净了，回家吧。

这就是我与机器人的生活现实。感觉小时候梦想过的科幻未来离我越来越近了。

美丽的盛夏啊
我与朋友未曾见面

现在是八月，我与读者有时差，这篇是我在七月中旬写的。七月中旬的我累到了极点。都因为网课。迄今为止我从未这么疲惫过吧，我这么想着，也想到了学生。

疫情之下的学生，都是孤零零的一个人。

年轻人要吃很多苦。失恋之苦，找工作之苦，会失败很多次。"无论好坏，所有事情都会成为经验，所有的经验都有用。"伊藤比吕美说。不过，现在新冠时期学生们的孤独深深刺痛了我。

前面讲过，我有两个三百人规模的大课，两个四十人规模的演习教室。今年全部是网络授课。

演习教室好说，用的也是 Zoom，所有人都露脸在网上交谈，大家都是大二以上的学生，已经习惯了大学生活。

大课的课程，一门是"文学与男女社会性别"，一门是"短诗型文学论"。标题看着硬，因为是我在讲，所以实际上很柔软，能探到本质，学起来很有趣。这门网课学生们不露脸，画面上只有我。

上大课的有很多是大一学生，新冠之下，有些新生还没来过学校，一次都没来过。

一般来说，孩子们升到大学，会参加社团活动，有了朋友，有了恋人，有了性生活，会集体蜂拥上街，狂饮、呕吐、失恋、痛哭。我几乎能看到大学校园的熙攘人流，早稻田站前的人流，高田马场站前的混乱与喧嚣。

今年的新大一学生还没经历这些。

他们在大学里没有朋友，不知道如何参加社团，只持续着与高中时代同样的学习，一个人默默地完成网课布置的作业。我收到的听课反馈单上，很多人写着"我周围没有其他人""我和谁都没见面""孤零零地听了课""感觉不到自己在上大学""孤独得要命""昨天当着母亲的面号啕大哭了"。我挑选"短诗型文学论"的优秀反馈单在网课上阅读后，有的大一新生做出反应："大学原来是这个样子啊！"他为反馈单上的见解水准之高而震惊，为大学和高中如此不同而震惊。

这说明，他是孤零零的一个人。

在这个年龄，他要面对父母，面对自己，面对自己的性，也要面对自己的孤独。

但是现在席卷他的外力太强大了，他无能为力，他就像被卷入了战争，但听不到枪炮声，看不见战场，只感到自己那么无力，那么弱小。

他一定很害怕。肯定怕得不行。

每次看到他们诉说孤独，我的心都会一阵阵被刺痛。

所以，我现在计划做两件事。

第一，在"短诗型文学论"最后一堂课上，想让他们集体朗读宫泽贤治的《不畏风雨》。这是助教 T 的主意，如果有 S 的协助，或许能做成。

我们做了模拟测试。为了让参加者全员发出声音，我们转到会议模式，试着朗读了萩原朔太郎的《就当去了法国》。原本处于静音状态的学生一齐发出了声音。

"所有人都走出了自己的封闭空间，这不仅是声音，更是一种自由开放的气氛""声音渐渐错开，诗从语言上分离而出，变成了声音的罗列，我从中感觉到的，是热闹大街上的喧嚣""仿佛大家在自由自在地说话，很怀念这种感觉，我从大家的声音里感觉到了安心抚慰，有这种感觉的不仅我一个人吧""就算声音并不协调一致，但无数人聚到一起做同一件事，与别人在一起的踏实感觉太好了""好像有无数时代、无数场景和无数人一起走进我心里，与我连在一起，让我心潮汹涌"。学生们在反馈单上这样写道。

还有一个计划是等今年的"文学与男女社会性别"课结束后，召集想参加的人，做一个课下聚会。

"文学与男女社会性别"课上，谈的是男女的社会性别、性烦恼、与父母的纠葛，等等，只要是人生中会遇到的事，都可以拿出来说。参加这门课的大一新生多半还处于高中生的状态，总在说自己孤独、孤立，想知道怎么才能交到朋友。去年在教室与学生面对面上课时，很多人的烦恼也一样，不知如何与人打交道、交不到朋友等。所以我在上课伊始，会让他们和邻座之人交谈，互相问问姓名。（有的学生不愿意，我不强迫。）

不知道课下聚会能来多少人。毕竟 Zoom 不是真实接触。学生们太孤独了，在孤零零地、笨拙地、用尽全力地活着。我想把他们联结起来。比如可以这么做，先让几个人组成小组，互相自我介绍，交谈二十分钟后分开重组，再次自我介绍，交换 LINE 号，二十分钟打破重组。不是相亲会哦，只是不这么做的话，他们可能会一直孤单下去，一直孤单下去，升入大学半年了，仍然体会不到上大学的实感。

我这么做着计划。同时心里也在不停想："再熬一熬，就熬到放暑假了。"

　　啊非常疲惫，疲惫得不行了。疲劳深深渗入了五脏六腑。

年过六十接这个工作，真可谓心有余而力不足。

戴上口罩保命
夏日天空

　　讨厌口罩。口罩很臭。

　　也许有人会训斥我，闹什么小孩脾气。我真的从小就讨厌口罩。

　　口罩内部混合着自己散发出的气味，酸酸臭臭，仿佛臭气要再次返回身体，受不了。小学时当午餐值班员时，我就这么想过……那时我九岁、十岁。我学一些男生的做法把口罩扯到下巴下，给大家盛咖喱，倒脱脂牛奶。

　　感冒时我也没戴过口罩，也没见过父母戴口罩，可能我们伊藤家对传染病无知，反应迟钝。小时候割破了手，身上有了擦伤，父母也没有认真对待过我的伤口，只命令我："自己去涂点儿碘酒。"

　　身上经常受伤的我，伤口经常化脓。

　　现在我也经常弄出伤口，不过很少化脓了。因为我会抹一点含抗生素的药膏，再贴上创可贴，伤口好得非常快。

小时候母亲经常说"疥了就糟糕了""你这么做，伤口会疥的"。这个"疥"，指的是伤口化脓，久久不能愈合，我没听别人这么说过，以为是方言。没想到大约十年前，我从高中好友母亲的口中再次听到，惊讶得屏住了气，仿佛听到了死去的母亲的声音。好友的母亲后来也痴呆了，经过长期看护，去年去世的。我想着伤口好久没化脓了，不由得想起了这个。

好像我小时候，那个时代，大家都不像现在这样动辄戴口罩。

到了美国以后，我才觉得日本人很爱戴口罩。我在1997年带着孩子彻底搬到美国，"非典"危机发生于2003年，我在某个机场看见一群戴口罩的日本人（那个机场好久没去了），感觉那样子很怪异，从那时起觉得日本人非常爱戴口罩。

美国没有戴口罩文化，有戴手套文化。医生、护士、护工等人经常触摸他人身体，手套都勤戴勤换。摸了一下人的身体之后，扯下手套丢掉。妇科检查戴橡胶手套是理所当然，夫有段时间在康复机构住院，他上下轮椅时，工作人员都要先戴上手套，再去帮他。之后这个手套当然会扔。记得夫说过："这让我感觉自己很脏。"那时，日本的医生、护士还在用自己的裸手触摸充满体液的人体，不以为险。

2018 年我回到日本，走在东京街头，发现到处都是戴口罩的人，有人戴着当时还很少见的黑色口罩，地铁里就像科幻电影中的一幕。

新冠暴发后，口罩买不到了。熊本一带的老人们聚集到一起，尽管聚集很危险，大家还是聚到一起做了口罩。当时连口罩带子也库存殆尽，就把肉色丝袜剪成细环状作为代替品。（老人会的人特意强调，是没用过的新丝袜。）我也分得四个这种口罩。

我把其中两个，连同刚出版的新书，用 EMS 寄给了在柏林的好友。柏林也口罩匮乏，友人发愁没口罩怎么去医院，所以我用国际快递给她寄了过去。

大家一定都知道吧，现在给国外寄东西相当不容易。新冠之下，每次去邮局都会发现这个国家不能寄了，那个国家不能寄了，邮路中断的国家越来越多，让我感觉现在正处于战时状态。

在加州的女儿们也说买不到口罩。我说，安倍口罩[1]马上要来了，给你们寄过去吧？女儿们说没关系，她们自己在着手做。我们正说着呢，往美国也寄不了了。

我不经常给女儿们寄东西，是个薄情的母亲，薄情的外

1 2020 年 4 月日本政府向全体在日居民免费发放的纱布口罩。

173

婆。不寄和不能寄是两回事，我们相隔万里，远到伤心。

我哪儿也不能去，但是得日常购物。超市、家居建材店、面包房、加油站。

老人会惠赠的口罩放在车里，跨出车门时才快速戴上。一直戴这一个，还是有点儿臭。

不过现在戴口罩有明确理由，不像我小时候在学校当午餐值班员时，被迫戴上三角头巾和纱布口罩，毫无理由。

现在我知道为什么要戴口罩，知道必须遮住哪些部位，知道洗手的正确方式。看来只要知道理由，疼也会变得不疼，臭也会变得不臭。我想起过去学过的那个，那个拉马兹无痛分娩法，道理一样啊。

飞着去见活人

野葛之花

　　盂兰盆节那会儿，时隔五个月我再去东京，没想到连走哪条路去机场都忘了。

　　这两年来，我每周挤在上班高峰路上满心烦躁地去熊本机场，试着走了很多路，终于找到了最优路线，红绿灯少，没有对面过来的右拐车，碰不上学童队伍。神路一条。哪想到时隔五个月我想去机场，竟然忘记神路怎么走了，只好规规矩矩地走了和机场大巴同样的正规路线。正规路线非常堵，让我想起已经五个月没这么心烦气躁过了。

　　机场的停车场经常没有车位，我一般把车停在机场附近的私营停车场。这次也去了那里。那里空空荡荡，寂无人影。我呼叫职员，出来两个和我差不多岁数的男人。我问他们新冠影响大不大，他们说很大，停车场关闭了一段时间。

　　很早以前，我刚开始每周去早稻田上班，在这里停车时，年轻职员问："您在东京做什么工作？"我回答："在大学

175

里教文学。"他说："完全看不出来，还以为您是玩音乐的。"我听后美滋滋的。后来我们熟了，聊过很多次，甚至知道了他家有几个房间，妻子是干什么的，他年轻时留过学，家里养了狗，却没问过他的名字。

我问："你们那个年轻人现在还好吧？"送我去机场的司机说："他辞职了。我们原本有好几个人，现在都散了。"

熊本机场正在改建施工。地震之前，原本做过一次大型改建装修，都以为修好就清爽了，没想到随后发生了地震。受损停用的卫生间现在刚刚修好。停车场的司机告诉我。

听说熊本机场要把国际线和国内线合二为一，很早之前就有这计划，后来地震发生，游客不来了。新冠发生前，国家与国家之间关系恶化，游客更不来了，现在又遇上新冠……

我听朋友说过，去阿苏的韩国游客锐减。

在奥阿苏的林荫下，泉水旁，D向沙罗子求了婚。一旁休息处的水源管理员也负责为韩国游客准备午餐。每当我有朋友从远方来，我都开车载他到阿苏去看那处源泉，喝泉水冲泡的咖啡，找管理员由加里聊天。沙罗子来过之后，我又去了一次，那次听说韩国游客一下子不来了。现在加上新冠，那里状况肯定不好。

由加里现在在做什么？我们交换过 LINE 号，但没联系过。她不在那里干了吧？真寂寞。我为没有联系她而内疚。

临时航站楼里空空荡荡，往年盂兰盆节时人群熙攘，爷爷奶奶在出口等着接孙子，见到爷爷奶奶的小孩子一脸认生的羞涩。今年这种场景不复存在，几乎看不到人影。

东京羽田机场人影稀稀落落，在去 NHK 的路上，倒是看见涩谷街头人还算多。

我不定期参加高桥源一郎在 NHK 的《飞翔教室》的节目。我和源一郎是八十年代以来的老相识，互相信任，相处得很放松。

今年四月开始，我在这个广播节目里担任了每月出演一次的嘉宾。采用远程网络收录，最初声音很不稳定。我听其他嘉宾的声音，用电话或 Skype 的人声都不清晰。四月那会儿所有电器店的电脑和周边电器都卖光了（远程办公需要），我手里只有耳机和麦克风。没办法，只能凑合用。

做过几次节目后习惯了，也习惯了远程收录，习惯了烂音质。

五月、六月、七月，我参加了这档节目，甚至觉得，一直这样做下去也没什么不好。到了现在，NHK 的限制竟然缓和了。可以两个嘉宾在同一间播音室里收录了。所以，我得去东京现场参加八月十四日的特别节目《与高桥源一郎共

读 战争的彼端2020》。

当天我去了涩谷的NHK大楼，与工作人员谈笑聊天，和源一郎面对面谈笑，然后走进播音室，在工作人员的无声指挥下做节目，源一郎没有坐在我对面，而是坐在我身旁。我们戴着口罩，中间隔着透明硬塑料板。

尽管如此，感觉还是好极了。和真实的肉身之人在一起的感觉太好了。

血肉真身的源一郎在我身边，用真身的大脑思考、反应，从身体里发出声音，让我知道这是一个真实存在的、有着鲜活肉体的人。我报以同样鲜活的反应。虽然通过网络远程也能做节目，但感觉如此不同。我沉溺在"源一郎是个活人是个活人是个活人"的认知中，从中觉出了快感。

长夜带狗
驾车行千里

买了一辆车。

买车这种事，一生中没有几次，我一边这么想，一边买了。在家种下胡椒树时，我这么想过（种在加州的院子里了，如今已枝繁叶茂），买钢琴时这么想过，每次决定养狗时，也这么想过。

刚回日本时买的那辆车，我只开了两年半，前车主开了十二年，已经相当旧。这车经常出故障，我请人修过多次。每次修理工都说这车还能开，不要紧。

这次彻底不行了。一踩油门，车就发出我喜欢的八十年代暴走族漫画里的那种如牛吼的效果音，轰鸣里夹杂着咔咔咔咔的金属声，让我胆战心惊，不会是什么零件脱落了吧？

几星期前它没力气爬坡了，我把油门踩到底，只听见震天轰鸣，同时感到车身似乎在往后滑。这要是在洛杉矶我会吓死，幸好熊本的坡是缓坡。

去二手车店请人帮忙看，对方说，与其修理，不如另买一辆（我听后没吃惊）。这车就是在此店买的，平时我弄丢了钥匙，或者车磕了碰了，都会求助此店。人家待我不薄，所以我当场在那里选了下一辆车。

　　没想到那里有一辆 MINI，而且是我买得起的价格。据说进口车比日本产的 k 车掉价更快，这辆 MINI 可谓超级便宜，和店里推荐的铃木 Alto 里程数差不多，价格更低。

　　二手车有状态评估用语，就像亚马逊的二手书会标注"尚可"和"良"，等等，MINI 的评估是 A，Alto 是 SS，我犹豫了。

　　回日本之前，我开的就是 MINI。

　　准确地说，夫有一辆 MINI。

　　夫是英国人，伦敦的，移居到美国之前一直开 MINI。

　　他第一次离婚后，因为想念被前妻带走的孩子而在伦敦街头徘徊绕圈时，开的是 MINI。终于领回孩子，回家时开着 MINI。带着三个孩子去欧洲自驾旅行时，开着 MINI。夫，一个纵向横向都壮观的男人，加上从幼儿到青春期的三个孩子，MINI 居然都装下了。

　　我初遇他时，他开一辆本田思域，之后换了日产的大 SUV 和沃尔沃的方头方脑的 Station Wagon。这期间他衰老了，上车下车时会呻吟喊痛，因为这个，我带着他走遍丰田和本田的车行，试乘之后，买了他觉得上下车最方便的丰田RAV4。

几乎就在同一时期，他在路上看见了MINI。他一脸渴望，只要一看见MINI，就说他从前开过，那是他从前的车，等等等等，烦不胜烦。不久后他按捺不住，一张画卖掉后（他是画家），便用那笔钱买了辆MINI。

明明买丰田RAV4就是因为别的车他上下不方便，MINI这种得弯腰把身体折成两半的车，真的不要紧吗？结果，他上下自如，没发一句牢骚。孩子们渐渐离开家，剩下我和他和狗，一辆MINI也就够了。

开车的总是我。MINI虽然小却重，一踩油门，便子弹般射出去，开再长的山路（去女儿家时，要走洛杉矶北边的漫长山路），也平稳安定，在城市街道上能拐九十度弯。我载着夫，夫不在后只剩了狗，我载着他们走过一条又一条路。

驾驶MINI的心情总是很愉快。

夫死两年后，我回日本时，朋友提出他可以接手这辆MINI，我拒绝了，觉得车里还残留着夫的气息。于是就那么丢在加州家里，现在是鹿乃子在开。

所以，MINI里有感情，有回忆，也有太多感伤。

我忽然想到，现在也可以买下MINI，尽情地开心驾驶一场……可是载谁？去哪里？如果有客人来，就去阿苏，去天草，可以在市内做日常用，不会再像从前那样跑几百公里的远途了。克莱默才不管坐的是 MINI 还是铃木 Alto，只要能上车，它就很高兴。

MINI 在加州的养车费用非常高，远远超过丰田。在日本的话，先不说养车，单说重量税，就与小排气量的 k 车大不同，检车费用也不同。粗略计算一下，一年有五六万日元的差别。五六万日元，能买多少植物和书啊。

早稻田的工作还剩半年，之后我就没有固定收入了，而且我在一天天老去。

诸多想法在心头翻滚，我选了那台 SS 评价、故障少、养车费用便宜、有后视摄像头和导航系统，带自动刹车装置的铃木 Alto。

早稻田的工作再有半年就将结束，我却买了车（不得不买）。也许这是我的另一个决心吧——不回美国，继续在日本待一段时间。

台风啊
河滩荒草怒涛翻卷

要来一场强台风。

名为十号台风，据说将刷新强度纪录。最大风速每秒五十米，降雨量五百毫米，大型台风，可匹敌伊势湾台风[1]。专家在电视上紧张地告诉观众一定要最优先做好自我防护。我害怕起来，担心院子里的盆栽植物被刮走，先把它们挪了地方，然后隔墙看到邻居家的样子，感到了异常紧张的气氛。

他家所有窗户都用绿色胶带纵横斜贴出了气氛紧张的米字旗形。这是要过万圣节？一瞬间我想。怎么可能，是为了防台风。

我住的公寓楼四邻关系很好，我马上问邻居那是什么。邻居说是一种叫作养生胶带的东西，好贴，好揭，不留痕迹，从里面贴上，玻璃即使被风刮坏，碎玻璃也不会掉得到处都是。养生胶带。现在所有地方都卖光了，他家还有一些，送

1　1959 年第 15 号台风，造成日本死亡和失踪人数逾五千。

了我三卷。

我想了一下。看来这个胶带不是为了防止玻璃破碎，而是为了破碎后方便收拾。于是我想，事后不仅要花时间揭下来，玻璃碎了也照样麻烦，贴不贴有什么不一样？但这是充满了邻居善意的养生胶带，光听名字里面就有人情味儿，万一我没贴，玻璃被风吹坏了，岂不是辜负好意，人家会怎么想？思前想后，胆小鬼如我最后还是贴了胶带。

其实我很想好好观赏一下台风。想看看在前所未有的暴风中，河滩荒草将如何动荡喧嚣。想看看带着五百毫米暴雨的云动起来是什么样子。

我家的窗户是个大大的采光窗，不能打开，窗外便是空旷的河滩，视野无比开阔。能看见远方的市区和熊本城。再远，是阿苏的连绵群山，尽头徐徐升起火山烟。右边，宫崎的高千穗在雾霭中隐约可见。

风吹来，荒草摇曳，雨下起来，四下淋漓瓢泼。若是雷雨，雷电在巨空之上如猛兽奔袭。

我想看这个，所以才在装修时做了这么大的窗户。

窗户比外墙凹，阳光几乎直射不进来，但非常明亮，对观叶植物来说是绝佳位置。我在那里摆满了植物，过去有窗帘，现在悬挂在窗帘杆上的植物代替了窗帘。

如果河滩上的石头、废弃的自行车、被连根拔起的树木之类的砸过来，当然很糟糕，不过窗户是凹进去的，估计不会被直接砸中。

因为要贴养生胶带，我把花盆挪开，用吸尘器清扫了蓄积在那里的脏东西，清洗了花盆下脏了的托盘，顺便浇了水，擦净了窗玻璃上的污点，勤快地收拾了一场，知道的是为台风做准备，不知道的以为我在大扫除。窗户变得洁净清爽之后，我扯开养生胶带，贴了几条。有人告诉我窗户内侧可以贴拍扁的纸箱，可是好不容易来一场台风，看不见就可惜了，所以我只贴了胶带。

我这人笨手笨脚。真的不灵巧，我想贴成邻居家那种米字旗形，想得挺好，贴出来别提多难看。

窗户贴完了，傍晚风渐渐大起来，我走出家门（偷偷出去的，不让别人看见），去看了河滩上的荒草。不是我家窗前那片夏草秋草悠闲摇曳的河滩，而是更远的大河前的广袤河滩。那里种植着一片定期有人收割的禾本科绿草，无尽绿草长成一片草原，我想看它们随风起伏的姿态。

壮观极了。绿草在风中摇曳出荒波，云如潮涌。

雨点滴滴答答地落下来了，抬头仰望，天空低得触手可及，云如雾，亦如波涛，打着旋涡奔流而来。

其他人家也都贴了养生胶带，我一路看着走回家，看见自家窗户上的胶带丑得触目惊心。

别人家不是米字旗，就是斜十字，我家是左右非对称的胡乱拼凑，显示出我混不吝的生活态度。

我不敢对别人讲，我可喜欢台风，可喜欢听风见雨了。过去我好像说过，也好像没说过。如果现在说，肯定要被正义人士严厉批评，我好像听到："你这么说，台风灾民会怎么想？你没受灾才说得这么轻松，你的责任感呢？"

这么想着，晚八点，上床睡觉，做好了清晨台风过境的精神准备。

据说台风将于凌晨四点前后经过熊本，我醒来的三点多，后来的五点多，彻底天亮的六点，风倒是在吼，不过小于我的期待，雨一滴都没下。

猫走来

野草绒穗纷飞

我养猫啦啦啦啦。

上次说到由加里在奥阿苏的水源旁寂然独居，我有她的LINE号，却没联系过，为此我感到很内疚。真不愧是《妇人公论》，由加里看到这篇刊载，立刻用LINE找到我，发来一张照片，告诉我："虽然不顺利，但我还好，现在家里生了五只小猫，手忙脚乱。"

我考虑了一晚上。

我心里一直有猫。也许是不久前捡了小奶猫（被朋友B和另一个人收养了，一家两只，在被爱着），让我有了养猫的念头。

那时我每周要去早稻田工作，养猫是不可能的事。现在新冠了，改上网课了，我每天在家，养猫养狗都不成问题，我还想去美国接尼可呢，只是入不了境。

克莱默终日在我床上睡觉。在加州，它是一只每天开心玩耍的小狗，在日本就无精打采的。当然散步时很开心，在外面总和我撒娇，回到家，它就以为"妈妈要工作了"。我找它玩，它飞快地躲开。于是我在家里是独自一个，狗也是独自一个。

如果我的床没收拾整齐，克莱默会在一旁耐心等候。我收拾好，铺上它用的毛毯，"好了好了，可以上来了"，它好像终于等到了似的，飞快地躺上去。那种感觉，仿佛我在为一个需要人照顾的老人准备床铺。我熬完夜，过去睡觉时，克莱默就轻声站起身，去了另一个房间，不和我睡一张床。在加州时，尼可总想睡我身旁的枕头，克莱默不甘示弱，横躺在我被子上。人上了年纪后性情会变得沉稳，也许克莱默也长大变成了一只沉稳的成熟狗。真是没意思。

与此同时，由加里家里有了五只小奶猫。

一觉醒来，起床后我给由加里发消息："我能要一只小猫吗？"她马上回答："如果是您想养，那就没问题。"

我想都没想，冲动地跑到阿苏去领了小猫。

领回来两只，都是小公猫。由加里说，既然要，还是两只比较好。我给一只起名叫鼓，另一只叫梅。鼓是只能吃的小猫，肚子吃得鼓鼓的，所以叫鼓。它们生于五月，所以另一只叫梅。梅听上去像个女孩儿名字，如此说来，男的也有叫梅的。布莱恩·梅。于是鼓改名为泰勒。这副可爱模样，不是迪肯，不是墨丘利，绝对是泰勒呀。看了几十遍《波希米亚狂想曲》的我这么想。

在由加里家，小猫们歪歪扭扭地冲我走过来，只有泰勒没过来，站在远处目不转睛地盯着我，我也目不转睛地盯着它。由加里说要选投缘的小猫，我也想过，它都不过来找我，我选它好吗？不过这也是缘分。再说梅，它头一个向我冲过来："啊，有客人来了。"

泰勒是只红虎斑，是和克莱默类似的野生色。梅身上大概有一点点美短血统，是只银虎斑。剩下三只是白虎斑。两只和三只是不同的父亲，由加里说。

我打心眼儿里佩服，猫真了不起。我正这么想，母猫进来了。这只母猫，用两只公猫的精子怀了五只小猫，硬是全生下来了，不对，应该说圆满地全生下来了。克莱默看见母猫进来，刚想了一下"啊，是猫"，还没来得及做出其他反应，鼻子就着着实实挨了母猫一拳。克莱默连哀鸣都没发出一声就瘪了，缩着身子卧到了我的脚下。

我去旁边的房间看小奶猫，克莱默灰溜溜地低着头，一声不吭地跟着我过去。不叫，不追猫（平时会追）。坐下时紧紧贴着我，看来内心受到了重大打击。

带着小猫回家后，克莱默只小声嗷嗷了两三次给我听，之后再没说别的。

猫这种东西太神秘了。

我和克莱默面对同一件事时，可能人狗之间有理解程度的差异，但能遵守同一个规则。

猫的世界里没有规则这一说。它们动起来，根本不在意肉体本身有重量，仿佛不受地球引力影响。它们打翻花盆也毫不在乎，还会接二连三地打翻。这要是狗，只会一脸"我干坏事了"的表情，不敢与你对视。

猫只有上厕所时才配合地球人类的文化习性，沉下腰，在细沙上排泄。

自从小猫来了，克莱默一直躲避小猫的视线。两只小猫旁若无人，天上地下唯我独尊。克莱默被赶到了房间角落里。

不过，今天是小猫来后的第十天，我看见了一个不得了的场景。续下篇。

怯生生的狗猫相近
秋来寒

　　接上篇。干脆把本书标题改成《猫和狗和初老的女人》
（对，致敬谷崎润一郎[1]）好了，把整本书改成养猫随笔，
我给编辑 K 提建议，被驳回了。本书早晚要变成养猫随笔的，
等着瞧吧。

　　对对，小猫来家十天后，我看见了不得了的一幕。

　　这几天克莱默看上去闷闷不乐。

　　它和猫妈初一照面，鼻子上就挨了一拳。迄今为止，对
克莱默来说，猫这种东西只不过是它要追逐的对象而已，没
想到猫还有攻击性，没想到被猫爪打那么疼。现在猫住进家
里不走了，不仅如此，妈妈对猫还是一副保护的态度。现在
克莱默终于懂了，因为它是聪明狗。所以它决定不看小猫，
不和小猫对视，独自一个静悄悄灰溜溜地过日子。可是猫生
性自由，想睡哪儿就睡哪儿，想在哪里散步就在哪里散步，

1　此处指谷崎润一郎的小说集《猫与庄造与两个女人》。编者注。

魔爪伸进了克莱默的地盘。

我有点糊涂了，克莱默天生安静，现在这副静悄悄灰溜溜的样子，是一如往常呢，还是被猫咪逼的？

类似的事我干过几次。家里本来有狗，又带新狗回家；家里有孩子，又带新孩子回家。我的基本做法是"哄好上面的"，所以我现在对克莱默，总是用宠爱猫咪似的甜言蜜语：克莱默宝宝过来呀，克莱默你真是好孩子。

第十天，两只猫咪在我床上，也就是在克莱默的位置上睡觉。这时候，克莱默摆出了一副儿歌里的小狗警察宽慰迷路小猫咪似的态度，温柔地看着小猫，发出了我以前从未听到过的叫声。

最初的瞬间，我没弄清是谁叫的。那声音像猫，但不是猫，那会是谁？我抬头看（全部是一秒钟内发生的事），是克莱默叫的。

像猫的叫声。狗要是说"喵——"的话，会是这个味儿啊，我想。

很像小猫咪的叫声，也像我平时对它甜言蜜语时的声调。

总之，克莱默喵喵叫着（很难用文字模拟那种叫声，暂且用"喵"代替），凝视着泰勒。把鼻子凑到泰勒近旁，使劲儿吸气，似乎想让泰勒和它玩，其间始终欢快地摇晃着尾巴。看来克莱默真心想找泰勒玩。

叔，你要和我玩呀？泰勒也以欢迎姿态动了动身体。不过只过了几秒钟，它们就从一起玩模式切换到了路人模式。之后同样的情形又出现了几次，总是克莱默去找泰勒。

常听别人讲，他们养的猫和狗互相追逐一起玩，亲亲热热搂搂抱抱，我家还没到这种程度。

几天后，我又看见很有趣的一幕。克莱默和泰勒贴在一起睡着了。泰勒的小小猫手撑在克莱默身上，仿佛在以一己之力支撑着克莱默的巨大身体，被贴的克莱默没有一点儿不高兴，睡得很踏实。

实际上，克莱默被谁紧贴着还能睡着，是件相当不容易的事，它总是不愿意。

啊，泰勒，真有你的，居然得到了克莱默的许可，我赶紧拍了照片。之后又有几次看见它们紧贴着睡觉，看见泰勒专门跟在克莱默背后，一边跑，一边踩克莱默的尾巴，看见克莱默散步回来，和迎过来的泰勒碰了鼻子。没多久梅也开始放心地在克莱默身旁睡大觉了。

两只猫睡起来毫无防御心。我以前养过的猫可不是这样。两只猫摆着投降姿势，筋疲力尽似的仰面朝天大睡。两只猫身旁的克莱默，则以待机的姿势躺着，我什么时候过去，它都能随时站起身走开。

如此说来，克莱默是肉食动物，就在不久前，在外面一看见猫，就兽性大发要去追。它追的几十只猫里，万一有一只腿脚稍慢，很难说不会被捕捉撕咬。而现在，在肉食捕食者的身旁，两只按人的年龄只有小学生那么大的小孩猫，正毫无防备地露着肚肚（不由自主地想用这个词）睡大觉。

然而猫也是肉食动物，从某种意义上讲，也许猫的身体能力要比狼之类的高多了。证据就是两只猫咪从厨房叼着洗碗海绵，走进我的房间，我放回去，它们再叼回来，当场虐杀洗碗海绵。

有时候它们仿佛突然想起了自己的爬树本能，一只不爬不甘心地飞跃到十号盆的龟背竹上，爪扎秋海棠，在龟背竹叶上腾挪，一路登顶。另一只不知从哪儿瞬移过来，两只一起摇撼着可怜的龟背竹。这时候的小狗警察，不上前阻止，也不逮捕，只在一边温和地看着。

人陆陆续续离开了
冬日有阳光的地方

有一天晚饭后散步时，我无意中看了一眼手机，发现有一条短信。

我与很多人有联系，手机上各种通知目不暇接。LINE上有学生和日本友人；邮件是工作上的事和学生交的作业；WhatsApp是女儿们和美国友人。用短信联系我的，目前只有枝元小猫，以及和我同一栋公寓楼的E。

E八十多了，独居，像公寓楼里的长老。我不在家时，经常拜托E照看植物，E请我帮忙去远处购物，送我炖菜作为还礼……我们就是这种交情。如果别人给了我什么礼物，我总是拿去送给E一点儿，就像送给自己的母亲。我对克莱默说，走，我们去E家，克莱默总会跟着。E会对克莱默说："你呀，真是个跟屁虫。"

这次E在短信上说，同楼的M去世了。M和E年纪相近，都是楼里的长老，我知道M住院的事，没想到竟然这么快走了。我给 E 打了电话，可惜没打通。守灵夜六点开始，我看到短信时已经过了六点，E 一定去了殡仪馆。

于是我给另一个很熟的邻居，经常一起喝酒聊天的 M2 发了 LINE 消息。M2 马上回信，说刚到殡仪馆。我请教了几个问题：殡仪馆的停车场在哪里，该穿什么过去，要送奠仪吗，送多少合适，装奠仪的信封从哪里买。由此我痛彻地知道了自己是多么不解人事。我匆忙回家，把破破烂烂的 T 恤衫换成有领子的黑色衬衫，去殡仪馆的路上在便利店买了奠仪信封，赶到了殡仪馆。

我以为现在的局势下葬礼形式会更虚拟一点，实际上只是来客座椅之间稍微拉开了距离，其余照常。现今局势下的葬礼，比以往的更像葬礼，不仅我这么想，E 也说了同样的话，看来确实如此。

M2 下班后直接赶过来，穿着平常衣服，妻子穿着黑衣，其他邻居都是黑衣。穿着一身正式黑色礼服的 E 打量了我，给我评分："认真换了黑衣服，这点不错。光脚要减分。不过谁能想到这里需要脱鞋呢。"

最近我总想，公寓楼就像一个活物，我买下时，这座楼还年轻，现在渐渐老去了。

这是一座合作式住宅，三十年前十六户人家从合资购买土地开始协商，经过无数努力之后才有了现在这栋楼。

三十年前大家都很年轻，很多人家里有孩子，孩子们一起玩，互相串门。大家都年轻都穷，在各种事情上都尽量节省开支，比如电梯。因为那时我们上下台阶只如闲庭信步。

岁月流转，孩子们长大了，有些单飞了，有些经常回来（都是成熟大人），最初的居民日渐老去。

最近几个月居民会议的中心议题，是要不要装电梯。

当然，大家都认为，有电梯的话方便多了，但是要花钱，大家都老了，心有余而力不足，多半儿凑不出钱。

我也想过为什么初建时没考虑过电梯。那时大家都年轻，身体还没有发生故障，只想着眼前最需要花钱的事。比如我自己，以前从没想过，最终我会变得和我妈一样，穿裤子时摇摇晃晃站不稳，脊背扯得疼，腰身僵硬。

我想起从前照看腿脚不便的夫，就觉得这座四层公寓楼绝对需要电梯。可是大家都无能为力，有人不能爬楼了，便搬进了老人院。就连我，也想过十年后，我会遭遇哪些身体不便，住到何处。

昨天是集体扫除日，大家齐心协力把入口处的木台揭下来，洗干净，新刷了油漆。真是重体力劳动。而我（和以往一样）睡懒觉来晚了。这个活每隔几年做一次，有人说，这次是最后一次了吧，因为最年轻的都六十多了。干完后，众人喝酒纪念了去世的 M。M 是个好邻居，没有人不喜欢。

住在这里很舒服。不知是否所有合作式住宅都这样，这里就像一处小村庄，邻居们做着亲密的村民交际，同时，也具有绝不窥探干涉他人私事的现代性，所以我才能在这里做我自己。我之所以回熊本，当然还有其他理由，这种邻里关系的舒服劲儿也是要因之一。

不过也有意见不合的时候。比如几个月前的扫除日里，众人在 M 的带领下剪掉了在我家外侧自由蔓延的常春藤。

我喜欢茎蔓类植物，园艺品种的藤类和茉莉远不能满足我。若是亚洲络石、土瓜和葎草，还有野葛和乌蔹梅将我家围住，该有多么好。

可是其他人（比如 M，其他人也一样）更希望住在整齐美观的房子里，所以从前也除过很多次草。这次 M 说，外墙是公共部分，确实，我不能不同意。

就算我不乐意，也只能放弃，毕竟常青藤还能长起来。现在想来，幸好那时顺从了 M 的心意，至少 M 在去世时，心里没有留下对常春藤和公寓外观的牵挂。

霜夜
独处独食独思

我最近很渴望经由人手做出的食物。

经由人手做出的、上面有人味的东西。经由人手剥皮碎骨、切断磨碎、蒸煮炙烤做出的东西。从前我吃的是这种食物，最近的感觉根本不是。

这个"过去"究竟是什么时候呢？我努力回忆过，无奈记忆太过遥远，想不起来了。

在加州时吃的是这种东西。回日本后新冠之前也是，似乎自从新冠发生后就没再吃过。

不对，新冠之前，我往返于熊本和早稻田，吃的是便利店食品，虽然枝元小猫家总有她亲手做的饭在等着我，不过忙碌时，我不回她家，在研究室睡睡袋。那时不是吃便利店，就是叫上学生去吃萨莉亚。

最初我真的觉得萨莉亚的蜗牛、热乎乎的面包和一百日元的葡萄酒很美味，但吃多了就烦了。

便利店的饭团、三明治、蔬菜沙拉、煮蛋和鸡胸沙拉也一样，我厌倦了那滋味，厌倦了气息，厌倦了添加剂，最重要的是厌倦了这些都是生产线制作的。正当厌倦时，新冠来袭，我不再去东京，吃不到小猫家的饭，开始在熊本自己做饭。

自从夫死后，我没再好好做过饭。自己给自己做的那些吃的，在我看来不算好好做饭。所有为了果腹不得不做的东西，都不是认真做的，不过是随便买点菜，做点能咽下去的东西罢了。

我只买同样的食材，所以吃的饭总是一样。

做好后懒得放进碟子里，懒得坐下来吃。

干脆都盛进一个盘子里，端到工作用的计算机前，一边吃一边看屏幕。

七十年代时，有一个叫《木枯纹次郎》的连续剧很受欢迎。纹次郎的吃法很猛烈，不管端上来什么，他把烤鱼酱菜味噌汤一股脑儿地放进一只饭碗里呼噜进肚子。纹次郎的角色设定是生于赤贫之家，因为贫穷幼时险些被父母杀死，十岁起便离家四处流浪，没有教养，成了流氓小混混，过一天算一天……我每次吃饭时，都会想起纹次郎。

吃饭太麻烦，日子太凄凉了。

我想起那些自己做饭的学生。不知他们懂不懂这种心情。

毕竟我过去有家庭，有一家人在一起的回忆，过去我为别人做了无数饭，现在独居孤食，所以会这么想。

枝元小猫，还有邻居 E 也一样。这两人好像在认真做饭。前不久我去给 E 还盘子，E 说跟着电视上的《今天一菜》学了新菜，在我还回去的盘子里又装上了用醋和蒜调味的胡萝卜菜。这种菜，一看就知道是枝元小猫会做的。

今年的感恩节，我也回不了美国。去年准备回去的，因为太忙作罢了。从根本上说，复活节是十一月第四个周四，在日本并非节日，要照常工作的。今年因为新冠，就更不用想了。

我想吃人手做出来的东西，这样只有去外面的餐馆。可我最怵一个人去外面吃饭。说到人手做出的饭，自然就是个人经营的小饭馆，这么一想，我就退缩了。其他一个人能进去吃的大型餐馆，只有连锁家庭餐厅，那里坐席是四方的，店员说话是背词，点菜方式是机械性的，彻底没人味儿。而且上来的食物，在工业化上不输便利店。

所以这阵子我想吃人手做出来的食物，就去面包房。超市和便利店也卖面包，但是不一样。我不想吃那种。我要去街头巷尾的小面包房。

很久前我写过一篇寻找面包房的文章。那时只是一心想吃喜欢的面包，在那之后没多久，我终于在不太远的地方找到了一家，里面有我喜欢的那种面包。现在我不用去东京了，我一周去好几次这家店，每次都买放了谷物的面包、放了橄榄的面包、燕麦面包、海盐黄油包、牛角包，还有奶油包（这家做得超级棒）。买回来认真地放进冷冻室里，吃好几天。

最近我才后知后觉，明白了为什么这家面包店成了我现在的生活中心。

小小的作坊后厨里有好几个人，他们用手揉面团（当然也会借助机器），用手做出形状，摆到烤盘上，用手从烤箱里把热乎乎的面包拿出来，然后他们用我熟悉的表情，装好我的面包，用手递给我。

看来，在我如今这种生活状态下，若想吃有人味的东西，最方便的就是去小街上的小面包房，买人手制作的（为食客着想的）面包。

无声无息地衰微而去

雪霰纷飞

　　说点寂寞的吧。每当我精疲力竭，没了力气，没了心劲儿的时候，就看生协[1]的购物品目，修改订单。

　　订单早就写好了。我总是精疲力竭，所以频繁修改订单，增增减减，买的都是生活必需品。

　　每周我从生协必买的，是阿苏山麓低温灭菌牛奶一盒，球磨酪农熊先生牛奶一盒。就是为了买这两种牛奶才加入生协的，最近在用低温灭菌牛奶做开菲尔酸奶。

　　然后还有养鸡场直送的鸡蛋六个，鹿儿岛产的黑猪肉香肠。

　　有时也买用微波炉叮一下就能吃的炸碎肉排。

　　翻来覆去总是这些东西。

　　新冠后我重新加入了生协。以前参加时，连续几次不能去领货，于是退出了。生协用的还是过去的集体收货分货的

1　消费生活协同组合的简称，类似团购。

方式，前面我写过公寓楼邻里关系很好，即使我偶尔漏订漏领，大家也不会说什么，还告诉我不用在意。但是连续几周不能参加，还是过意不去。现在新冠了，我常在家，也就每周都能参加了。

最近我会认真地看甜点零食栏目。从上面能买到北海道的巧克力、佐贺的和果子之类的。上次我买了东京芭娜娜。现在哪里都去不了，很思念这种旅游伴手礼。

也看食物之外的用品，不时有意外发现。

最近买了个小型磨刀器。

家里菜刀几年没磨，钝得切不了番茄，我天天用这把刀给自己和克莱默做吃的。

还买了一个开瓶器。

我的握力变弱了，打不开瓶盖。

换作以前，我会先加热盖子，用刀敲几下，一使劲儿，多半儿能打开。现在的问题是，手使不上劲儿。

回想起来，父亲说过同样的话。父亲那时八十多岁，我现在六十多岁。现在我明白了，也许父亲握力变弱是从六十多岁时开始的。我在生协货品表上找到的开瓶器，就是针对这种需要而设计的。

下了订单，收到一个带着横纹的橡胶圆垫，用它开瓶盖，真的不费力。

父亲也有这个东西。当时我不明白它是干什么用的，看见它在外面摆着，就收进了橱柜。父亲惊慌地说："放在这儿的那个东西呢？那个东西很重要，没那个东西我活不了。"我忙不迭地从橱柜里取出放回了原处。没想到父亲的那个东西，就是我现在的这个东西。

我还买了一个工具。我们平时用完一个玻璃瓶或者塑料瓶，封口处会残留一圈硬硬的塑料，对吧？就是取下这圈塑料的工具。用起来像启瓶器，使劲一抠，那圈塑料就掉下来了。

我好歹算个女汉，对垃圾分类很上心。每用完一个玻璃瓶装的什么东西，希望能把塑料瓶口抠下来，让玻璃归玻璃，塑料归塑料，在不同的倒垃圾日扔掉。想归想，这圈塑料可很难弄下来。

握力不够，拧不下来，也试着在缝隙里插进刀，利用杠杆原理撬，可这样容易手滑伤了自己。试着用牙咬住扯下来，现在我的牙开始松动了，难道为了垃圾分类，还要搭上牙？我想。

每到这种时候我都很奇怪，世上的人们都是怎么垃圾分类的呀，也要求老人做这么危险的事吗？

对，我就是老人。

我把两个工具放在厨房的显眼位置上，像父亲生前那样。一旁还放着我从父亲家拿来的厨房计时器。煮东西和用微波炉时要用，放洗澡水时也要用。之所以开始用，是因为之前几次忘了时间，煮焦了锅，溢了水。由此也深深理解了父亲为何需要这个。

　　我现在想要的东西，是生协货品单里没有的电磁炉。我经常煮焦锅，不止一次点着过抹布。普通人家的抹布不会着火，我家的却屡屡燃烧过，每次都弄得手忙脚乱。有个电磁炉就好了，能省去这些事吧，我想。

　　母亲刚开始出现痴呆症状时，同样的酱油，同样的人造黄油，同样的隔离霜，她买了一个又一个。父亲几次说过，有个电磁炉就好了。看来母亲也烧着过抹布。

　　先买电磁炉，接下来准备在浴盆和马桶旁边装上扶手。等习惯了这些后，还要在家里装上伸缩型撑杆。

　　在父亲家里，父亲的固定位置——电视机前到厨房之间，竖着一根结结实实的撑杆。帕金森病的父亲巧妙地借助撑杆在家里走动。我看到后建议再竖一根。父亲说"一根就好了，又不是住在森林里"，我听了大笑。伸缩型撑杆里有这样的回忆。

秋将尽
鲷鱼比目鱼和猫条

　　灰色的是梅，褐色的是泰勒，两只小猫长得很像，性格却不一样。

　　还用说吗？鹿乃子和沙罗子从五官到体形都很像，常被认作双胞胎，但两人从婴儿期开始性格就截然不同。

　　梅是理性派，关进航空箱也能自己出来，我家玄关那儿立着浴盆盖子（挡猫的），它也能找到空隙钻过去。

　　我工作时，梅经常爬到我的膝头，但不喜欢激烈的游戏，如果我做出它想要的温柔抚摩以外的动作，它就会远远躲开。

　　而我特别喜欢和小猫做激烈游戏。

　　泰勒是个猎手。执拗地追逐着逗猫棒，高高跃起抓住后绝不肯松爪。它对他者很感兴趣。最先和克莱默打成一片的就是它。每天过来缠着我"一起玩！一起玩"的也是它。如果我使劲儿揉它、扔它、吊起它，它会兴高采烈地竖起指甲与我对战。

我们最初见面时，其他小猫都走过来看我，只有泰勒站在原处目不转睛地盯着我，它那盯着我的圆溜溜的眼睛，一下子就夺走了我的心。

所以我想大家能看出，我对待梅和泰勒的温度是不一样的。这种心情我还是头一次。从前尼可就是尼可，克莱默就是克莱默，鹿乃子是鹿乃子，沙罗子是沙罗子，小留是小留，我都平等对待。现在我知道偏心不好，可是我都六十五了，再说对方是猫，偏心也没什么不好的呀。我给自己找了理由。每当泰勒过来找我"一起玩！一起玩！"，我就心跳加速（好像恋爱呀）。

前几天，泰勒突然不吃饭了。

十二月中旬，天气骤然变冷，我忙着照顾植物，为了不冻着植物，有的换了地方，有的从院子里挪进了屋里。等我察觉时，泰勒只是窝在暖气前一动不动，不吃饭，也不"一起玩！一起玩！"。

不对劲。

之前我还为它太能吃而发愁呢。

兽医说猫被割蛋后会激素紊乱，得注意它们的食量。所以每天早晨我量好分量，绝不多给，两只猫一起吃一百克干粮和一个小罐头。它们好像没吃饱，我一去厨房做饭，两只猫就瞬移到我眼前，每每碰塌我堆积的书山和资料山。每当我吃点儿什么，它们也立刻瞬移过来紧贴着我，嘴巴大张，仿佛想吃我。这架势也太凶猛了，我询问兽医后得知："它们正在成长期，拿人打比方的话，就是初中男生，能吃能长，再稍微多给点儿也没关系。"

于是我给猫增加了饭量，它们应该很高兴，没想到几天后泰勒一口也不吃了。

上网搜索，看到"如果一天没吃，要去动物医院"，泰勒四五天没吃了。

我问了养猫的友人。"应该不要紧，以防万一先去动物医院看一下吧"，大家都说。但我那时特别忙，常去的动物医院离家又远。

我订了很多高级猫食、像婴儿食品的细腻绵软的泥型猫零食、鸡肉冻干、表面酥脆里面溏心的猫粮、锡纸袋装的鲷鱼和比目鱼的凝冻，等等。

就连这些，泰勒也没吃。我抱起它抚摩，失魂落魄地想，它不会死吧。泰勒蔫蔫的，没有"一起玩！一起玩！"的反应。

过去我们一家住在波兰时，捡回一只小乳猫养了，几天之后的深夜，小猫死在了我们的床上。我和鹿乃子在网上说起这事，"你知道吗，过去我们正睡着，小猫就死了"，当时鹿乃子才五岁，没想到这件事她至今全都记得，甚至记得小猫咪的名字叫小哞（我忘了）。

"小哞太小了，最开始就生着病。妈妈，你现在的猫已经很大了，不会说死就死的。"

一秒钟之间我觉得她说得好像有道理，马上又想，万一早晨起来那个小身体变冷变硬了呢？与养小哞那时相比，我有了更丰富的经验，连生物之死，死后的肉体状况等，都能做出各种逼真的想象，这点连我自己都惊讶。

从一开始，我就感觉自己和泰勒之间有无形的纽带，难道现在要说再见了吗？剩下梅和克莱默能和睦相处吗？我满心哀痛地入睡，醒来时，看到泰勒还活着。

那天是周日，动物医院不营业。第二天是周一，绝对要带着泰勒去医院。

周日晚上，我看见泰勒吃了表面酥脆里面溏心的美味猫粮。过了一会儿，又看见它舔了泥状的小猫零食。猫砂里已经埋了大便。看到它这样子，我心里说，哎呀，哎呀，只要你吃，再高级的鲷鱼、比目鱼零食泥买给你！香蕉买给你！肥鹅肝买给你！想吃什么都买给你！

再讲讲后来发生的事。

爱意是多变的。几个月过去，我像喜欢泰勒那样爱上了梅。我躺在床上打盹儿时，梅静悄悄地走过来，蜷成一小团儿，紧挨着我躺下，那种温暖和爱意是泰勒给不了的，我心里充满了感激。

泰勒生病的几个月后，再一次出现同样症状，这次连梅也病了。两只猫都在吐，最开始吐了猫粮，后来吐的都是猫草，变成了蔫蔫的两团儿。就在那时，我发现植物里毒性最强的常绿大戟的盆土被挖过了。捅捅龟背竹的土（看看干湿），手指直接捅到了软猫屎（平时不软的，看来它们来不及去猫砂盆了）。再看其他花盆，全部被挖过，上面有猫尿。我对女儿说了这件事。"有毒植物最好送出去，不要养了。"女儿说。我不假思索："那可不行，都是我精心养育的大戟和龟背竹。"女儿听后说："你这态度，难以理喻。"（都是文字输入。）女儿们认为，猫和植物相比，当然是猫优先。如果养猫，最好放弃植物。

我不知所措，如果没了植物，我就不是我了。同时，放弃养猫也不可想象。后来我买了防猫的"这里不行垫子"，给所有花盆都配置上，再把木筷掰出尖锐的木茬，插进盆土固定住，每次我浇水剪掉枯叶时，先把猫赶到其他房间，绝对不当着它们的面做，比以前用心百倍，拼命谋求着猫与植物的共生。

冬雨天
沟堑分开了我与学生

昨天，在早稻田讲完了最后一节课。

三年，似长亦短，充实紧密。

一下子就虚脱了。我欠着文稿，得带克莱默去散步，现在不是虚脱的时候，但就是没有力气站起来。这几周家里脏乱，厨房乱七八糟，人的卫生间里到处是猫砂，植物挂着枯叶，自从猫来以后地板上摆满了东西（玩具老鼠和玩具残片、纸袋和纸箱等），所以莫（扫地机器人）无法打扫。

最后一堂大课结束得平平淡淡。学生们在网上倒是说了"谢谢老师"，这种话他们每星期都说，没有特别感。现场教学时，学期最后一节课后大家会鼓掌，所有眼睛都看着我，而现在我说一句"好了，就到这里"，点击按键，关掉Zoom的瞬间，所有人都消失了。

最后一节演习课（创作诗和小说的课程）结束后，我们开了网上酒会。演习课是一个大约四十人的班，平时分成小组开集体研讨会，用 LINE 群交流，互相都很熟悉，大概有二十几个人参加了酒会。

也许有人认为，集体上网喝酒有什么意思。不要小看哦，我们是喝无酒精饮料也能沉醉一番的人，哪怕是赛博酒场，大家喝的都是真酒，货真价实喝得醉醺醺的，开心地聊天，让我记住了一起喝酒是这么愉快的事。

话说回来，长时间和年轻人在一起，假扮年轻，说年轻人的话，这种事非常累。但非常非常有意思。我们聊最近在听的音乐，他们听的那种都跟念咒似的，我根本听不懂。说到漫画（很多孩子不看漫画，这让我很吃惊），我最多知道《鬼灭》什么的。

就是这种感觉。很有趣，非常有趣，非常累但有趣，三年来一直是这种感觉。

三年来，我一边当老师，一边做诗人，手里还有与从前同量的约稿。坐在电脑前干自己的活时，装载着学生们的诗和小说的邮件源源不绝地飞来，发出"叮！叮！叮！叮！"的声响，势要撞碎玻璃窗。我精力集中不起来。

因为全都结束了，我现在可以老实交代，我曾经停过一次课（按学生的说法就是旷工）。

那次交稿最后期限在即，怎么也做不完，我被逼得走投无路，睡眠不足。然后心一横，给大学的管理处打了电话：

"喀喀喀……我感冒了……喀喀……"对着电话表演了口技。

对方说"停课？好的，请多保重身体"，总之旷课是不得已

而为之。

现在全部结束了，说实话，我很寂寞，甚至想把旷掉的

一节课补回来。想过一辈子那种生活。哪怕一辈子不能集中

精力干自己的事，要读无休无止的学生作业、诗和小说，为

给学生写反馈评价而烦恼，我也愿意。

在某种意义上，现在比女儿们离开家时更寂寞。毕竟学

生人数众多。我只有三个女儿，这边有几十人，算上大课共

有几百人。

几十人甚至几百人快被新冠危机压垮了，一齐哭着张开

嘴，喊着老师老师老师（就像待哺的雏鸟，但没有出声）。

他们给我写邮件时，很多人用平假名[1]写了"先生"[2]两个字，

或者用平假名写我的名字。据说，他们称呼其他老师都规规

矩矩地使用汉字。所以他们叫我"老师"，可能是表音以上，

表意未满。有一次，一个男生不小心叫了我"妈妈"。说完

他快羞死了。

1　日语中的表音文字，一个词有汉字的情况下写作平假名，是比较随意、亲切

的做法。

2　日语中对医生、教师、律师等知识分子的尊称。

不久前，一个学生消失了。我用LINE联系过，发过邮件，都没有回音。我很担心。

到了夜晚我渴望听到人的声音，所以放着网飞和亚马逊Prime当背景音。有一次传来穿越故事《古战场传奇》的台词。

People disappear all the time.

人真的很容易消失。

我脊背生寒，连忙用LINE联系了其他学生，请其帮忙去消失学生的公寓看看。万一发现尸体肯定会留下精神创伤，不要一个人去，和人结伴去吧。我说。这个学生平时写作，这件事将会反映在其作品里吧，我想。

消失的学生没有变成尸体，还活着。"现在不要紧了，之前状态真的非常差"，学生这么联系我。我由衷地松了一口气。

不光这一个。好几个学生都如此消失了。就像公猫遽然离家，销声匿迹再不见回来。从前年轻人遽然走上战场（大概因为阵亡）再不见踪影。这种学生我也无能为力，我以这种距离感，守护了他们三年。

春忧吗？
那就大刀阔斧地写诗吧

寂听[1]老师说过"要写成小说"。她与心怀烦恼的人对谈时，必说这句话，对我也说过。我想把小说置换成诗。如果发生了什么事，先去写诗。也许这就是我在早稻田工作三年得出的结论。

去早稻田之前，我觉得诗这种东西怎么能教呢。其实我自己在七十年代上过一个"日本文学学校"，一边"被教"，一边开始写诗。那时我是狂妄的年轻女人，认为学校没有"教会"我，而是给了我写诗的契机。我解释不清自己的写作历程，只觉得诗这种东西没办法教。

但是如今在美国和欧洲的大学里，诗歌变成了能教、能学的东西，很多朋友和熟人在大学里教授诗歌，听他们讲，好像很有意思。不过我也想，这又不是练习书法，写诗最关键的东西如何表达呢？三年前早稻田邀请我去教学时，我根

1 濑户内寂听（1922—2021），作家，僧人。

本没考虑要去（回日本这事倒是稍微考虑过）。

现在我真心实意地认为，诗是可以教的。当然写诗之人本身需要素质。有些人即使努力也写不出来。而有人在努力之前，就有了柔软的肌肉和二重关节（我在说什么呀）等资优体质。

诗也一样，我想。语言的敏感性和文字的节奏感。只要在某种程度上拥有这种素质，对日语表达有兴趣，努力实践，就能把诗写得越来越好。这种学生我见过不少。

诗的演习教室的气氛非常热烈。新冠之下，社会闭塞，内心压抑的几十个年轻人聚集而来，拼命思考什么是诗；想写派不上用场、不能成为职业、换不来钱的诗。

我的课与其说是"教怎么写诗"，不如说是"给学生写诗的契机"更恰当些。

不用管就能写的孩子，我都不管。写得好的学生，我只能夸赞写得好，一学期就过去了。对了，《鬼灭之刃》炼狱大哥的"赞"表情，我在 LINE 上用了无数遍。

对于教了依旧写不好的学生，我告诉他"往长了写"，源源不断地写下去，不要点睛金句，不要想着收尾，让语言源源不断地流出来。

写着写着，潜意识里的东西会流淌而出，未经构思的语言也会祖现，因为这些是下意识，把到此为止的都扔掉，从这里开始写。

　　初入门者很容易写那种"啊，某某啊"式的句子，太羞耻了，我立刻让他们改掉。类似小学生作文的套句表达也不行。

　　爱、正义、真理之类的大词不可以用。不直接上大词，而写出同样内涵，才见诗人真章。

　　拟声词如果用得不好，就显得特别土，暂时封印，等以后会写了再说。一个学生形容在海边踩着贝壳而行（已经写熟练了的高年级生），用了"噼噼啪啪"（パチパチ），其他同学听后发出了叹息声。

　　本来，推敲诗句是一种正视自我，可是过分推敲的诗显得冗赘。遇到这种不清爽的诗，我会让学生减字数和行数，"缩短到四分之三"，"写成 13×13 试试看？"，学生们在纠结中砍掉冗余，表达越来越明晰。

　　我觉得写诗类似做梦。从前，父亲死后，我想了很久，为什么我抛弃父亲去了美国。那段时间我每天都做梦。

　　因为是梦，可谓荒唐无稽。每晚的梦都不同，后来发觉其中有隐约关联。我发现自己做梦思考了为什么抛下父亲去了美国。梦过多次后，我在某个瞬间明白了。我有理由。一个在内心正中央胶着难解的理由。

我觉得写诗，就是不借由睡眠而踏入梦境。我写正在直面的事，写自己的人生难题，写自己看到的东西。不用为了让谁看懂，读者遇到难解部分自会想象。诗与小说和随笔不一样，诗是自由的。

从过去到现在，我就是如此写诗的。我写身体、内心、性、母亲、他人，写我自己。变成成熟大人之后，我写生孩子、养育孩子、自我迷失、亲人之死，以及我自己。

我把不懂的事、害怕的事都写进诗里，一点一点摸索着往前走。我向学生推荐这种做法，学生们认真地照做了，在一点一点摸索着往前走。

也推荐给大家，"比吕美"式人生难题解决法。我是专业写诗的，在写诗上用尽了技巧，读者们不是专业的，有更直率坦诚的写法。与职业写法相比，大家的写法更本真，离梦更近。

写好了发给我。我会读的哟。地址是比吕美的诗教室 @妇人公论。

直接化身春风吧
体重计

前阵子我做了全面体检。

我进早稻田时，就被要求做体检。多次收到"还没有做吧"的提醒邮件，每次我都回复"会做的会做的"，然后忙起来就顾不上了。

体检费用由大学承担。唉，有正式工作的人就是轻松，自由职业的写作者没有任何保护，多么心虚不安。而我又将回到这种心虚的生活中。

既然都最后了，我问学校："马上就要退职了，还能体检吗？"答复是"退职之前是可以的"。所以我预约了家附近的医院。

我有糖尿病，每三个月做一次检查，在美国也是。在美国需要预约医生，预约之后才能去，然后当场预约下一次。日本不是预约制。我只有打起精神，以不得不做的心情，在医院拥挤的等待区里等候。一想起这个我就嫌麻烦，所以后来不去了。我虽说有糖尿病，但还不到必须吃药的程度。

美国医生每隔三个月告诉我一次："你的尊巴必须跳下去，不能停。"这就是说，她非常了解我的日常生活。日本医生不把我当人看，不会说这种话。

现在不跳尊巴了。新冠之下也无须通勤了。毕竟是自己的身体，我深刻地感到身体里堆积了很多滞重的东西。

这也是我没去体检的原因。我没有勇气直面事实。后来不得不直面了，结果真的非常可怕。大家听我说。

数值什么的无所谓，我数学不好，所以不在意。虽然有几个数值是粗体红字，不过我都六十五了呀，就那么回事吧。可怕的是数值中一行异常显眼的文字说明。我一眼就看见了。

"过度肥胖"。

我哭着对女儿们说"必须减肥了"（用文字输入的）。女儿们都安慰我。

就没有委婉一些的说法吗？妈，你在美国完全不算胖。还有更专业、更自然的说法吧，比如"体脂微超标""Above average"什么的。不过真的用了这种说法，妈你就会不当回事吧，一定是为了提醒你，才故意刺激你的。对呀，说不定就是这样，所以妈妈才受到这么大的打击。

是的，女儿们说得对。我受到很大打击。拿出启动不了的体重计（太长时间不用导致的），换上新电池，并开始每天记录吃了什么。结果发现自己吃得并不多。

如此说来，死去的母亲也很在意发胖。"我真的什么也没吃，什么也没吃，照旧发胖。"她一边这么说，一边当着我的面，大口大口吃我买的甜馅面包。

我的饮食习惯不算坏，很注意健康。这阵子迷上了糙米，在糙米里加进去红米、黑米和黍子等谷类和菰米（会先煮好），做成外观可怖的硬糙米饭；放了大量蔬菜的汤；纳豆、酸奶和喂狗的鸡肉；我喜欢的面包房烤出来的谷物面包，还有奶油包和巧克力牛角包……好吧，这里比较可疑。

运动也是个问题。

新冠之下我不想去健身房。不是怕传染，而是不愿戴着口罩运动。还不如我带着克莱默散步。所以我每天走很多路。

最起码每天一万三千步。稍微绕远时一万五千步、一万七千步。而且我走的是山路，虽然标高只有一百五十米，山依旧是山，上去下来走一趟，气喘吁吁的，会出汗，抵得上运动。不过说老实话，这阵子我走路非常慢。女儿们不客气地指出："妈，你过去快多了。"大女儿说过，二女儿也这么说。

最初她们说这话，是十多年前。十多年前我五十出头。

那时女儿们的记忆里还有四十岁的我，走得英姿飒爽，十岁前后的女儿们可能追不上我。所以她们和不再英姿飒爽的我一起走路时，会觉得我慢。

十几年过去了，我现在可能走得相当迟缓。证据就是克莱默总是急不可耐地等着我。

不忙时才有时间走路。到了学期末或最后期限前，焦头烂额的我只能把狗寄养到爱犬教室过夜。这种日子里，某日我无意中发现，我一天只走了十三步。

当然，这是因为计步的手机放在桌子上没有动。不过"十三"这个数字，冲击力实在太大了。

只在近处走走的话
母亲的土气大衣就很好

　　到了春天，家里到处可见粘满狗毛的开衫和套头毛衣。就像过去全家人还在一起生活时，一到春天，掀开暖桌的被子，发现里面落着家人的很多袜子。

　　暖桌，很久不用了。今年冬天特别冷，再说还有猫，有个暖桌会很好玩吧，我上网找了，最终还是没买。

　　今年冬天确实很冷。

　　所以我想起了套头毛衣，想起了暖桌。这几年，不对，可能更长时间以前，我不再穿羊毛质地的毛茸茸鼓鼓囊囊的暖和毛衣了。

　　2018 年回到日本后的两年间，我往返于东京和熊本，本应感受到异于常春的加州的寒冷，不过熊本气候温暖，而东京的地铁又太热，要脱了大衣拿在手里，在大学讲课时，兴头上来我经常脱衣服，只穿件 T 恤衫，常被学生问"老师你不冷吗"。所以只有下地铁后走在路上的一段很冷，但只要嘴里念叨"太冷了太冷了太冷了",还是能忍过去的。

其实我是变温动物。不对,当然这是不可能的。与其他人相比,可能我的温度舒适区非常狭窄,永远觉得不是太热,就是太冷,所以要频繁穿脱衣服。家人也这么说我,而且讨厌我这样做。那种套头的毛衣穿脱太不方便,所以我早已不穿了。

年轻时我总是穿得很少,五十多岁时赶上更年期潮热还有其他乱七八糟的事,变得非常怕热,更年期顶峰时,我就像冬天也只穿半袖 T 恤的小学生一样,穿得非常少。后来彻底闭了经,现在又过了很多年,依旧和更年期时一样怕热,仿佛保持着怕热峰值直接冲进了六十岁。

今年好像不太一样。我新买了电热油汀,因为用了二十年的老油汀坏了,新的是个室外也能用的强力型。平时这个全天开着,家里充满了近年未有的温暖。一只猫蜷在油汀前的筐里睡觉。克莱默有张电热毯。另一只猫在电热毯上伸长成了一个长条。

今年冬天很冷。我查了一下我回来后的这几年的冬天气温。从 2018 年初冬,到 2020 年冬末,两个冬天都很暖和,只有几个夜晚气温降到了零度以下。但零度以下在今年成了常事,有几天甚至降到了零下四五度。

因为新冠，我不去东京了，不再乘坐公共交通，平时不是待在家里，就是在河滩或山上散步，热的时候热翻，冷的时候冷死。去年夏天，我总在气温降到二十九度以下的深夜出门，养成了深夜散步的新习惯。严冬零下三四度的深夜里，我穿得鼓鼓囊囊，带着克莱默在黑暗中前行。

我有一件羽绒服，十几年前在加州买的。我住在南加州，平时基本上用不着，海边风大，为了御风才偶尔穿几次。冬天去柏林和奥斯陆时带去过，但是衣服是为加州那种环境设计的，太薄，里面还得套几层厚毛衣才抵得住真正的冬寒。羽绒服有种封闭感，虽然方便，我总是喜欢不起来。今年在熊本也穿了几次，十几年前的老物件了，早就旧了。

深夜散步反正不会遇见别人，这时，我穿母亲的大衣。

因为是母亲的大衣，毫无疑问是便宜货。但又轻柔又暖和，穿起来很舒服，仿佛被什么包裹着。刚开始穿时还能闻到母亲的气息，既像体味，又似香水味。母亲的气息逐渐消失，现在只剩了我的气味。母亲比我个子高，比我胖，大衣宽大，能完全遮住腰身，里面无论套几层东西都不显。母亲似乎很喜欢这种感觉，同样款式她有两件。所以在实在寒冷的夜晚，我套穿过两件大衣。

这件大衣是她什么时候买的呢？她八十出头卧床不起，

那么应该是七十五岁以后买的，我现在六十五岁，年龄上相近。不过我对母亲不仅有偏见，还有刻板印象，而且衣服本身是胭脂色里掺杂着灰，非常巢鸭[1]，外形线条圆乎乎的，像件割烹衣，有种刻板的女人味儿，我总觉得这件衣服老气得简直可怕，所以不想在人前穿。话虽这么说，好几次我穿着它了附近的超市，有一天看到映照在什么上的自己的身影，虽说现在是新冠特殊时期，我这副样子也实在太那个了……于是在冬天临近结束时，趁着某牌子打六折、买两件再打八折的机会，买了大衣和毛衣。新衣服很适合我，不过深夜散步时，我还是穿着母亲的大衣。

我在大衣、毛衣、油汀和猫等温暖物件的包围下，感觉好舒服啊。又忍不住想，莫非我这是更年期之后的新症状？应该叫"后更年期"？或者，我进入了真正的初老期，和世上大部分高龄人士一样，只是怕冷，喜欢多穿衣服而已？

---

1 东京地名。巢鸭因为聚集了众多老年人喜欢的商店，因此被称为老奶奶的时尚中心。

春之夜
动物植物的天堂

有一个词叫 Hoarder。

收养了超出正常数量的猫和狗，无法给予适当照顾的人，被称为 Hoarder，动物囤积者，辞典里如是说。这不就是我吗？我不就有囤积症吗？

看我家就知道了。先说植物，远远超过"业余喜欢园艺植物"的范畴，家里更似园艺商店。

这阵子我不似从前，物欲锐减，唯独植物还是想买的，还想买更多更多。以前每隔几个月就要去园艺店大举采购一次，养猫后不采购了。植物会长大，会枯死，需要补买或换盆，就像更换队员。我站在园艺店里四下张望，我没有的植物、我虽有但状态更好的植物便自动跃入眼帘，我只有一一拿过来，已经不是购买了，更接近"领回家"。我把车里塞满，如载着一车森林回家，回去后把家也变成森林。

猫和狗也如此。我心里想着就要一只猫，结果带回来两只。狗现在虽然只有一只，但过去养过多只。狗会带着狗友回家，有时我连狗带友一起带出去散步，喂它们吃饭，有时还收留它们过夜。孩子也一样，我和前夫都是独生子，觉得一个孩子就够了，没想到一眨眼有了三个孩子。孩子的朋友也会来，还有人长期住在我家。

这几年我身边有大学生。我想，与其和一两个学生亲密交好，倒不如像波姐妈妈那样一下子和几十甚至几百个学生粗略交际更省心。

前面我写过疲惫时会看生协团购的货品单，现在也在看。现在还看另一个网站，就是熊本动物保护中心的领养狗的页面。我没打算领养，只是经常漫无目的地看，做做白日梦。

若要领养，先决条件是能与克莱默和睦相处。上次，我看到混了土佐犬血统的十岁母狗，还有一条德牧和拳师犬的混血五岁公狗，觉得这两只挺不错的。我一边和克莱默散步，一边想象着眼前若是再有一只将会是什么情形。光这么想象一下，脚步都变得轻盈了。

前不久看见一只贵宾犬的串串。贵宾犬应该不难养吧？照片上的小狗腿上沾满了泥，白狗看似灰狗。有那么两天，我兴致勃勃地想象了这只泥污污的小脏狗和克莱默一起玩的情形。它很快就从名单上消失了，被领养走了吧。

这种情景我在哪里见过，或者我的记忆里有过这种兴致勃勃。到底是什么呢？想起来了，是父亲买了彩票，兴冲冲地对我说如果中了奖，要买这个，要买那个。

父亲没有对妻子即我母亲讲。因为母亲会说"能中奖才怪呢"。所以父亲对女儿我讲了，女儿我不会说"不可能中奖"，只会和父亲一起做梦，要买这个，要买那个。后来当然没有中奖，只拿回三百日元。区区三百日元尤显凄凉，父亲和我的美梦一下子漏了气，瘪了。

我当然没有忘记还在加州的尼可。政府检疫中心官网上写着，从海外带狗进入日本，法律上算作狗的进口，带出国是狗的出口。进口要走烦琐而严格的手续，费事、花时间、花钱。去年离早稻田工作结束还有一年时，我提前做起了进口尼可的准备。但新冠一来，事情暂停了。如今我重新开始，半年后就能备齐进口所需的证明文件，年末趁着放假回加州，就能把尼可带到日本。所以我刚开始准备文件。

无论如何，那是一群待领养的狗。不久前我不光做了空想白日梦，还迈出了真实的一步。

照片旁附着说明："此犬尚未习惯与人相处，需要耐心驯养。"照片上的笼子里，蜷缩着一只小狗，一脸已对活着不抱任何希望的失意表情。它简直就是另一只克莱默。克莱默也被无数次说过"此犬尚不习惯与人相处",我依然领它回了家。其实我的女儿们也一样。

那么，这只遭遇了很多欺负、已经失去了活下去的信心、对未来不抱任何想法的绝望小狗，如果来了我家，在克莱默、泰勒和梅的围绕下，将会有什么变化？

想到这里，我给保健所打了电话。接电话的人吞吞吐吐地告诉我，现在很少对流浪狗做消杀处理了，不过有的狗实在无法驯养，实在没办法的情况下，也很难说……这话他只说到一半，接着他告诉我，相关负责人今天不在，周一上班后会给我打电话。我等着这个电话。我打电话时是周五，我等了一个周末。周一，没有电话打进来。

我明白领养一只狗要背负何等重责。所以保健所的人如果彻底忘记了电话的事，倒也不是不可以。我也想过再次打电话催促。我想给女儿们发去照片，告诉她们，看，就是这只小狗。女儿们肯定会批评我。所以，我还没敢发过去。

花瓣
乘着风自由地飞吧

　　早稻田举行了毕业典礼。很萧瑟寂寥的一场。去年因为新冠，毕业仪式被取消；前年我不知道有典礼这回事，回了美国。这就是说，今年这一场仪式，是我第一次也是最后一次参加。

　　"不知道有典礼这回事"，我这么写了。其实很可疑。一般来说，日本的毕业仪式在三月末举行，这是常识。可是我长年住在美国，毕业仪式要在五月举行已经烙进了脑子里。

　　别看我这么说，还是很可疑。我有三个女儿，我只参加了二女儿沙罗子的大学毕业典礼。大女儿鹿乃子说："毕业典礼那种东西，我自己都不去，妈你来了也白来。"小女儿小留的毕业仪式被我忘得一干二净，我和别人定好了要在日本参加一项不能缺席的工作。小留埋怨我，我记得自己找借口说"毕业仪式难道不是三月举行吗"。

　　所以我对毕业典礼这种东西没有感情，我自己毕业时，穿了件牛仔上衣和一条破洞牛仔裤。与我同年的枝元小猫则说她穿了件"一看就知道是嬉皮士"的裙子，下摆破破烂烂的。那个时代就是这样子。

仪式当天，我去了早稻田户山学区，因为已经离开了研究室，那里其实没有我的地方，仍有一些学生跟我打了招呼："啊，老师！"

很多人穿了袴[1]。大家原本就美丽可爱，现在更是花心思挑选了袴或和服，做了头发，插了发饰，变得可爱、美丽、炫目，让人不禁屏住呼吸。不过，大家越花心思打扮，就打扮得越雷同。袴的搭配方式雷同，发型仿佛出自同一家美发室。更重要的是都戴着口罩，遮住了最重要的部分，更分不出谁是谁了。看上去简直像偶像组合，不是 WSD48，就是夏目坂 46。

我能担保，这些孩子不仅原本就可爱，还非常聪颖，充满才华和个性。所以觉得这样子有点儿可惜，不过这就是青春吧，我也很羡慕。

男生穿着求职时买的西装，看上去也很雷同，个性不见了。不过，也有人穿着马里奥兄弟似的背带裤。有人一身笔挺西装，光脚穿着木屐，让我赞服。

1　现在日本女大学生毕业典礼通常上身穿传统和服，下身穿袴裤。

真是一场寂寥的毕业典礼。好像只来了一半学生。仪式气氛也渐显萧索。主任教授做了简短讲话，其他老师没有发言，老师和学生脸上不见笑容，只是——

1.点名，学生站起来，走到工作人员处；

2.出示学生证，验明正身；

3.走到前面，从教授手里无言地领取学位证书（此处众人鼓掌，掌声稀落）；

4.用自助方式，从一旁堆积的学生证套和印着老师赠言的宣传纸里各取所需，返回座位。

我能做的只有拼命鼓掌。无论是认识的学生，还是不认识的，我都用力鼓掌，拍红了手。仪式后和几个学生合了影，平平淡淡地道了再见。

迄今为止，我在毕业仪式上一次也没哭过。其实葬礼也一样。在父亲葬礼上我哭了，因为那是父亲。在夫、母亲和关系亲近的年长之人的葬礼上，我送上临别祝福：一生辛苦了；人都会死的；最后一刻终于到来了；您度过了壮丽的一生。

早稻田的这三年，是我人生中最快乐的一段日子（可能是我忘记了其他快乐）。年轻时我在浦和的市立中学当过老师，觉得教师是我的天职，不过那时我忙着与有妇之夫恋爱，忙着写作，忙着干自己的事，心思不在教学上。我后悔那时没能尽全力。

所以在早稻田担任教职后，我下定决心，这次不能做后悔的事。虽然因为赶最后期限而旷过一次工，虽然没能给所有学生回复邮件，虽然学生发来的诗和小说我只粗读了一遍，虽然没能在所有学生作业上写下感想，但我拼过全力了。比照看年迈的父母，比几次结婚，都更拼命，更没有留下遗憾。

今后我和学生还会交往下去。等他们以后离婚时，为育儿苦恼时，为抑郁症挣扎时，为依存症苦恼时，会想起我，会给我写邮件或发 LINE 的，我想。所以现在的暂时离别不是哭泣的理由。

就这样，毕业典礼结束了，我回到熊本，一打开家门，先有"妈，我好想你啊，想死你了"的克莱默扑过来，再有嘟囔"哦，妈回来了"的两只冷脸小猫。它们的身后，在房间的最里面，前面说过的那只小狗，静静地露出了脸。

仔细问过后得知，这只小狗是市里捕获的野狗群里的小狗崽。我按捺不住，去保健所把它领回来了。一想到我有一起生活不到一年的两只猫，有克莱默，有植物，有被搁置三年的某项工作计划，有不知还能工作（写作）几年的担忧，日渐衰老的体力，就没有时间悠闲。照看几百个大学生根本不算什么，我现在忙得要命。

后记

写上上一本《闭经记》时，我试着把每篇标题统一成了俳句[1]式样。无论别人说什么，我都装傻，"我知道这只是文章标题呀，不是写俳句啦，只是弄得很像俳句"。那次真的很愉快。比如"缓慢地　走下坡道　路上荒蓬丛生""天寒地冷　母亲的咒　女儿的老去""岁暮　响起一声　问候礼物送到了"……我觉得挺不错的。

写上一本《暮色降至子》时，最开始我也用了这种类似俳句的格式，然而现实过于残酷，从某次开始，我把标题设定成"夫，真的不行了"，后面就回不到俳句风格了。

现在现实和生活已平稳下来，所以我还是想用俳句式的标题，但不知为什么，不如《闭经记》时写得开心，越来越觉得是负担，正准备搁笔不写时，忽然想出一个好主意：对啊，可以找学生帮忙！

正好有学生在做俳句。平野皓大和柳元佑太。我求他们"帮我给文章起个类似俳句风格的标题"，他们很痛快地答应了。我写好每篇后发给他们，两人分别写出几句，供我挑选。很难选。他们好不容易写出来的句子如果没被我选上，他们会不会失望？我正这么想呢，两人告诉我，他们参加了俳句社，平时在句会上写出的句子，有时入选，有时落选，

---

1 日本的一种古典短诗，由"五—七—五"三句共十七字音组成。编者注。

家常便饭，他们早习惯了。

有时我给他们提意见："这句作为俳句很不错，毕竟是文章小标题，再写得好懂一些！""再明快一些！"学校考试期间总是等不到两人的回信，我也忍住烦躁自己写。结果被两人毫不客气地挑刺，"太懒散了""明显是外行写的俳句"，批得我垂头丧气，同时也觉得有趣。这次请他们批改了我写的全部句子。

皺の手でちぎるこんにゃく盆の入り（皱手撕魔芋 盂兰盆节到了）

不错，表达出了盂兰盆节食物的美味气息。（平野）

不好也不坏，平淡无奇地表现了盂兰盆节。（柳元）

もういうなわかっておるわ"暑い"だろう（不用再说了我知道 "热死了"对不对）

"再"多余，不要也说得通。（平野）

您的思考能力被暑热摧毁了吧。（柳元）

しみつきのマットレス敷く露の秋（铺上污渍斑驳的床垫 白露之秋）

慢吞吞的劲儿让人联想起污渍的黏糊感。（平野）

看不出写的是室内还是室外。（柳元）

バンビロコウ水面にうつる月の影（幅广怪 水面上的月影）

太耽于抒情。月影似乎多余。（平野）

是幅广怪映照在水面上？还是月影？（柳元）

晩夏過ぎて顔も体もしぼみけり（晚夏过后 颜和体开始瘪了）

有汗流浃背感，还不错。（平野）

把"晚夏"注音成"尊巴"，太牵强了吧，助词显得冗长。（柳元）

身に沁むは WhatsApp か Skype か（WhatsApp 也好 Skype

也罢 都刻骨情深）

"身に沁む"是秋天季语[1] "身にしむ"的变形吗？（平
野）

WhatsApp、Skype 和身に沁む的搭配组合太新奇了，不
自然。（柳元）

細道をたどりたどりてきのこ粥 （走过漫长小路 抵达
一碗蘑菇粥）

稍显笨拙的感觉和句子内容很贴合。（平野）

"たどりたどりて"的用法太像外行做俳句……（柳元）

くすり湯に入ってぽかぽかあったまる （泡个药浴 好
暖和啊）

有种过度装幼稚的感觉。（平野）

葛汤就是暖身的，还用说吗。（柳元）

白和えやほうれんそうが入って春 （豆腐拌小菜 放进
菠菜即春天）

1　俳句中必定要有一个季语。季语是指用来表示四季及新年的季节用语，如"东
风""樱""蝉"等。编者注。

最好不要用"春"结尾，换其他方式表达得更巧妙一点就好了。（平野）

菠菜原本就是春天的季语，后面的"春"去掉也行。（柳元）

人は死にヨモギは残る荒野かな （人会死 艾草依旧旺盛于荒野）

坦率地写成"冬野"或"枯野"怎么样？（平野）

对比太鲜明了，显得做作。（柳元）

春一番のぼり階段浜松町 （初春的狂风 攀爬滨松町的台阶）

改变语序，"春風の階段のぼり浜松町"更顺畅。（平野）

名词罗列太多，不流畅，可惜了！（柳元）

絶望の大安売りだいもってけドロボー （我的绝望便宜卖了 都拿去！臭小偷）

"だい"多余，想换成季语修改一下。（平野）

凭着一口气硬写出了这句，厉害，佩服。（柳元）

ボヘミアンラプソディして桜かな （波希米亚狂想曲里 櫻花盛开）

"かな"很别扭。"桜"太平淡了。（平野）

季语起到作用了吗？怀疑。（柳元）

クレイマーあたしといたいかクレイマー （克莱默克莱默 你想和我在一起吗）

不是俳句，更像嘟囔。把重复部分换成季语就好了。（平野）

没有季语，后面的重复部分没起到作用。（柳元）

青梅をもぐ母ありて娘あり（摘青梅 如母如女）

"て"滞涩了句子的气脉，改成"もいて母あり娘あり"

如何？（平野）

应该再描写一下母女的情形。（柳元）

夏野原ゆめゆめ右折はするまじく（夏日原野 再也不

右拐了）

"は"显得冗长。（平野）

措辞虚张声势。（柳元）

いちめんのクレオメオメオメあの日暮れ（那个日暮

无边无际的醉醉醉蝶花）

这句本来就让人想起暮鸟的诗，"あの"多余，不太好。

（平野）

"あの日暮れ"不够紧凑。（柳元）

娘来て娘帰り夜寒し（夜寒 女儿来了女儿走了）

夜寒的表现太常见了，不过是一句质朴好句。（平野）

把女儿离开后的寂寞寄托进寒冷，显得有点俗。（柳元）

夏星をニコもとほくで見てるだろ（尼可也在远方 眺望夏夜之星吧）

太像散文。（平野）

有点敷衍。让事物代言感情比较好。（柳元）

秋惜しむタイとヒラメとちゅーるかな（秋将尽 鲷鱼比目鱼和猫条）

用“かな”的做法很无聊，喜欢。（平野）

是一首猫会喜欢的俳句！（柳元）

“思考能力被暑热摧毁了”，“稍显笨拙”，“无聊”，两人畅所欲言。从某种角度看，这就是我在早稻田的三年。

只写类似俳句的标题不足以让两人发挥实力，他们一定不耐烦了，来来，让我们看看他们认真写出的实力之句：

虫籠や昼のつぺり隅田川。（平野皓大）

秋虫鸣声响起时

白日懒散

漫步隅田川

夜の阿蘇山とろろ泡噴くは音も無し （柳元佑太）
深夜阿苏山
沸烟细密
腾空无声

本文在《妇人公论》杂志连载时承蒙中央公论新社小林裕子女士多方关照，结集出版时承蒙同社横田朋音女士多方关照，感激之情，无以言表。为本书画插图的石黑亚矢子女士描绘的比吕美犬、克莱默犬、不时露脸的枝元奈穗美犬，还有高桥源一郎犬，都生动鲜明如照片。做手术之前露着蛋蛋的小猫们也可爱得要命，感谢！

2021 年 5 月　伊藤比吕美

本书文章最初以专栏方式刊载于 2018 年 8 月 28 日—2021 年 5 月 11 日的《妇人公论》杂志，现经修改编辑结集成书出版。